이윤신의
그릇 이야기

흉내낼 수 없는 일상의 아름다움

이윤신의 그릇 이야기

이윤신 지음

문학동네

내 모든 영감의 원천인 딸에게

프롤로그

우리 생에 가장 특별한 날

이 책이 나의 모든 이야기를 온전히 다 기록한 책이라고 할 수 없지만 책을 준비하면서 내내 돌아본 나의 지난날은 어찌 보면 지나치리만큼 단조로웠다. 해온 일도 그렇고 하고 싶은 이야기도 그렇다. 오로지 좋은 그릇만을 생각하고 그것을 만들기 위해 노력해왔던 시간들이다. 얼마 전 그릇에 대한 이런 나의 이야기가 꼭 기사화되길 원했던 어느 신문 지면이 있었는데 담당자의 말이 나의 인생이 너무 밋밋해서 기사로 쓰기엔 영 재밋거리가 없다는 반응이었다. 그렇다. 굴곡도 역경도 없었다고 본다면 그럴 수도 있다. 혹은 그렇지 않을 수도 있다. 그러나 그릇을 감싸고 있는 문화라는 것이 얼마나 중요한가 하는 것은 아무리 강조해도 지나치지 않다는 것을 이 책을 통해 전달하고 싶다.

어려울 것 없다. 그릇은 무엇을 담는가. 음식을 담는다. 그러면 음식엔 무엇이 담겨 있나. 사랑도, 정성도, 우리의 소중한 시간도 다 그 안에 담겨 있다. 사랑하는 사람 앞에 내놓는 따뜻한 국 한 그릇, 아이를 위해 차린 밥상, 갑자기 찾아온 친구를 맞이해 마련한 술상…… 우리들의 행복한 시간이 모두 거기 있는데 그릇은 그 다정한 시간을 소담스레 담는 우리 삶의 태도다. 어려울 건 없지만 거칠고 급하게 함부로 다룰 수는 없다. 우리 삶에서 가장 중요한 것을 잃을 수는 없기에.

책을 준비하기 시작한 지 3년여이다. 그동안 많은 변화가 있었다. 20여 년간 작업을 해오던 안양의 스튜디오에서 여주로 작업장을 옮겼고 규모도 몇 배로 커졌다. 도예 수업 과정도 만들고, 어떻게 하면 음식과 가장 잘 어울리는 그릇을 짝지어줄 수 있을지 고민하다 직접 그 모습을 보여주고 싶어 레스토랑도 열었다. 드러나는 모습은 다르지만 내가 열중하고 열광하는 이 모든 일은 어떻게 하면 손으로 만든 그릇을 우리 삶에 깊이 들어앉게 할까를 고심하다 내놓은 결과물이다. 3년 사이에 이 질문을 던지고 나름대로의 길을 마련하느라 내 기력을 다 쏟아부었다.

가끔 내가 아는 많은 사람들이 나에 대해 잘 모르는 것 같아 문득문득 외로워질 때가 있다. 내가 왜 그릇 만드는 일을 하고 있는지 이해하지 못하는 듯하다는 뜻에서 나를 알지 못한다는 것이다. 그래서 들려주고 싶었다. 차곡차곡 쌓아온 그릇의 세계를, 조곤조곤 친구에게 말하듯 들려주고 또 나누고 싶었다. 나만의 이야기는 아니니까. 어쩌면 우리가 잃어버린 것, 잊고 산 것에 관한 우리 모두의 이야기이기도 할 테니까.

이제 마감 시간에 쫓기지 않고 뚜렷하거나 거창한 목적 없이도 생각하고 글을 쓰고 사진을 찍어보고 싶어진다. 그렇게 해서 이번에 못다 한 이야기의 아쉬움이 조금이라도 채워질 수 있는 기회가 오기를 다시 바라본다.

이제 나의 그릇 이야기와 오직 그릇으로 행복했던 지난 시간을 나누고자 한다. 그릇이 찬장에 모셔두어야 할 존재가 아니라 음식을 담을 때 진정 빛나는 사물이듯 우리의 시간도 그렇게 소중하지만 하나 어려울 것 없는 선물로 매일매일 우리 손에 놓여 있다.

우리 생에 가장 특별한 날은 오늘이다.

2015년 5월

이윤신

차례

4부 그릇에 살다

5부 가슴 뛰는 인생

1부

밥상 이야기

일곱시 삼십분 아침 밥상

아침형 인간이라는 말이 있다. 성공한 사람 대부분은 일찍 일어나고 일찍 잔단다. 그런데 내가 제일 힘들어하는 것이 아침에 일찍 일어나는 것이다. 밤에는 얼마든지 깨어 있을 수 있고 밤을 사랑하다보니 자는 시간이 아깝다. 밤에 혼자서 룰루랄라 노래도 하고 몸도 이리저리 흔들고 맛있는 야식도 먹고…… 음…… 절대 많이 먹지는 않으려고 노력한다. 아무튼 어떻게든 깨어 있고 싶은 거다. 그러다보니 일찍 일어나는 것이 괴롭다. 가끔 지방 출장이 있거나 여행을 갈 때 부득이 일찍 일어날라치면 하루 종일 머리가 멍하고 축 늘어지는 것이 내가 봐도 병든 닭 같다. 그나마 나이가 좀 들어서는 호르몬의 작용 때문인지 예전보다는 아침잠이 줄었다. 사실 이런 현상이 나타나리라고는 절대 생각지 못했다. 내가 나이가 들어 아침잠이 없어지다니……

그런데 인생을 어찌 좋아하는 대로만 살 수 있으랴. 하루하루가 전쟁을 치르고 있는 내 스케줄이라면 늦잠은 용서가 되지 않는다. 일곱시 반이면 어김없이 일어나서 아침을 준비한다. 하루 중에 내가 가장 사랑해 마지않는 시간이기도 하다. 대개 점심과 저녁은 외식이 많기 때문에 좋아하는 그릇에 내 마음대로 좋아하는 음식을 담아서 먹을 수 있는 것은 거의 아침 시간뿐이다. 그런데 일곱시 반에 아침을 먹게 된 것은 오래된 습관 덕이었다. 바로 수영이다.

어릴 때부터 혼자 노는 것을 좋아했고 방 안에 머무는 시간이 많아 운동에는 영 젬병이었다. 체육 시간이 싫어서 어떻게든 빠지려고 꾀병을 부려 양호실에 가거나 조퇴를 하기 일쑤였는데 조퇴한 뒤 집에 가면 아무도 없는 집에서 오로지 혼자가 되어 음악과 책을 맘껏 즐기는 그 시간이 얼마나 행복했는지…… 그러다보니 남들 다 타는 자전거도 못 타고 달리기는 100미터에 22초를 기록하기도 해서 걷는 건지 뛰는 건지도 분간이 안 갈 정도다. 그 흔한 탁구채조차 잡아본 적도 없고 대학에 가서도 볼링장이라든지 스키장 등은 아예 내가 갈 곳이 못 되는 곳이었다. 그런데 학교를 다 마치고 일본에서 돌아와 처음 자리를 잡은 작업실이 바로 안양종합운동장 근처였던 것이다.이 운동장에서 내 눈에 뜨인 것이 바로 수영장! 수영이라면 나의 전철을 밟지 않게 하려고 어린 딸내미를 거의 매일 수영 강습장에 데리고 다니긴 했다. 하지만 단 한 번도 물에 들어가고 싶지 않았는데 어느 날 알 수 없는 강렬한 호기심이 나를 수영장으로 끌어들였다.

다른 사람들은 하루이틀 만에 물에 뜨는데 내 경우로 말할 것 같으면 꼬박 일주일 동안 물에 몸을 띄우는 공포에서 헤어나질 못했다. 거의 열흘 만에 처음 물에 떴을 때의 그 기분은 미술대학에 합격했을 때만큼이나 기쁘고 자랑스러웠다. 그렇게 배운 수영은 무엇이든 시작하면 끝장을 보는 내 성격과 딱 맞아서 나중에는 거의 물개 수준이 되었다. 그리하여 매일 1.5킬로미터씩 물 속 달리기가 10년 동안 계속되었다.

1.5킬로미터라고 해도 빠르게 자유형으로 달리면 45분 정도면 끝이 난다. 간혹 전날 술을 마시거나 모임이 있어서 늦게 들어왔더라도 빠지지 않고 10년을 꼬박 그렇게 새벽 여섯시부터 한 시간 정도 수영을 하고 집에 돌아오면 꼭 아침 먹을 시간이 된다. 그때부터 어쩔 수 없이 아침에 일어나는 습관이 생긴 건지도 모르겠다.

아침 식탁에서는 거의 혼자 먹는 경우가 많다. 대학에서 학생을 가르치는 남편은 대부분 오후에 수업을 만들어놓고 늦잠을 즐기는 스타일이고 하나밖에 없는 딸은 오랜 기간 유학을 했기에 아침은 주로 혼자 먹곤 했다. 지금은 딸도 시집을 가고 남편과도 각자 좋아하는 생활 방식대로 지내다보니 진심으로 아침 시간이 그렇게 좋을 수가 없다. 나의 아침 메뉴는 나이대별로 조금씩 변천해왔다. 30대에는 그야말로 호텔식 아메리칸 브렉퍼스트로 크루아상과 버터를 바른 토스트에 계란 요리, 진한 커피. 40대에 들어서서는 잡곡밥과 생선구이, 나물과 슴슴한 국 종류, 그리고 진한 커피.

커피에 대해 말하자면 어머니가 워낙 커피를 좋아하셨던 탓에 나도 이미 중학교 무렵부터 커피를 마시기 시작했다. 그러다 또

뭐든지 직접 해봐야 직성이 풀리는 성격 때문에 바리스타 수업을 3개월간 받으며 팔이 떨어져라 커피 내리는 것을 연습하고 또 할 만큼 한때는 커피 사랑이 지독했다. 그렇건만 나이가 들어가며 카페인으로 인한 불면증이 생겨 그렇게 사랑하던 온갖 종류의 커피 탐닉에 손을 놓게 되었다. 그리하여 얼마 전부터는 봉지에 든 디카페인 커피로 갈아타게 되었다. 무엇이든 나이에 맞게 즐기자는 것이 인생 모토라 아무 맛이 없는 디카페인 커피도 맛있게 행복하게 즐기고 있다.

자, 이제 이 메뉴들을 어떤 그릇에 담느냐가 큰 즐거움이다. 모든 실용적인 물건들이 그렇듯이 그릇도 음식을 담았을 때 빛이 난다. “내가 그의 이름을 불러주기 전에는 그는 다만 하나의 물건에 지나지 않았다. 내가 그에게 맛있는 사과를 담았을 때 그는 나에게로 와서 예술이 되었다.” 오늘은 무슨 옷을 입을까 고민하는 것처럼 어떤 그릇을 고를까 하는 즐거움에 이 시간이 기다려진다. 심지어 어떤 날은 잠자리에서 내일은 어떤 그릇에 아침을 담을까를 생각하다가 잠이 들 때도 있다.

음식을 담을 때 우선 먹음직스럽게 보이는 것이 중요하다. 아무리 맛있게 만들었어도 어울리지 않는 그릇을 선택하면 실패다. 예를 들어 나는 접시와 볼의 사용에 신경을 쓰는 편인데 두께가 얇고 넓적한 음식은 접시에, 볼륨이 있는 음식은 볼 쪽에 담는 것이 예쁘다. 우리나라 음식은 대부분 옆으로 퍼진 접시보다는 약간 오목하고 깊이가 있는 그릇이 어울린다. 예를 들어 전이나 생선구이 등은 접시가 어울리지만 나물 종류나 찜 등은 옆으로 퍼지게 담는 것보다는 볼륨감 있게 약간 쌓는 듯한 느낌으로 담으

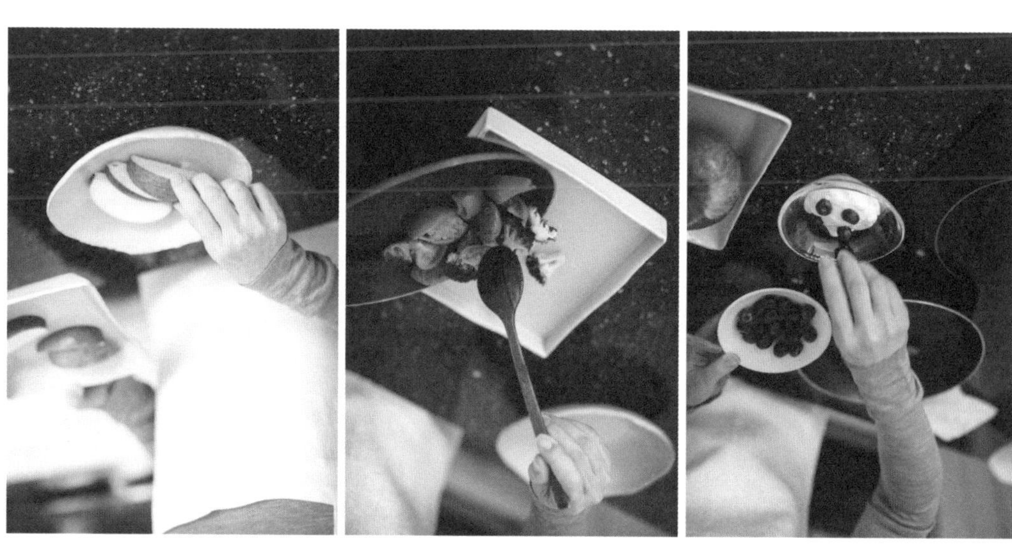

면 먹음직스럽게 보인다. 접시는 아무래도 서양 스타일에 가깝지 않나 싶다.

최근의 아침 식단은 껍질째 조각낸 사과 반쪽, 토마토 한 알, 빨간 파프리카, 블루베리를 곁들인 집에서 직접 만든 요구르트와 시리얼, 그리고 으레 그 디카페인 봉지 커피다. 커피 물을 올려놓고 토마토를 잘라 약한 불로 프라이팬에 올리고 나서 그릇장을 연다. 사랑하는 아이들이 빼곡히 줄지어서 나를 바라보고 있다. 자, 오늘은 어떤 아이들을 고를까. 어제는 오랜만에 유리그릇을 내어보았다. 도자기 그릇만큼이나 좋아하는 것이 유리그릇인데 도자기와 함께 쓰면 흙의 투박함이 조금 지루할 때 투명함으로 아주 멋진 조화를 이루어낸다. 진한 요구르트와 블루베리를 투명한 유리볼에 담으니 요구르트는 더욱 진하게, 블루베리는 그 탱탱함이 더욱 사랑스럽게 느껴져 먹기가 아까울 정도다. 껍질째 깎은 사과는 두툼한 형태에 가느다란 선으로 살짝 장식된 작은 볼에 옆으로 누이고, 토마토와 모차렐라 치즈를 나의 대표 라인인 청연 낮은 볼에 함께 담고, 봉지 커피는 지난번 일본 여행에서 거금을 주고 딱 하나 구입한 플래티넘 잔에 따라서 사치를 누려보았다.

오늘은 그릇장을 열자마자 눈에 뜨이는 연회색 오발 볼에 사과를 엎어 담고 한쪽만 살짝 어긋나게 빼주는 센스도 발휘해보았다. 토마토와 치즈는 내가 아주 좋아하는 휘뚜루마뚜루 흰색 온유 볼에 편안하게 담았다. 늘 자기 목소리를 잘 안 내는 얌전한 분청 볼에는 곡물 시리얼과 무지방 우유. 이렇게 오늘 식탁은 완성이다. 참, 그리고 끓인 물에 컵을 데운 다음 봉지 커피를 넣어

나를 위해 식탁을 차리다

혼자 있을 때 상차림은 더욱 중요하다.
아침만큼은 나를 손님처럼 대접해주는 건 어떨까.
다른 누구도 아닌 나를 위해서.

휘휘 돌려 한 모금 마시면 아침이 시작이다. 이렇게 매일매일 같은 메뉴, 다른 그릇으로 차려 먹는 아침 시간이 너무나 즐겁다. 내일 아침에는 또 어떤 그릇이 내 하루의 시작을 꾸며줄지 벌써 기대된다.

맛있게 먹고 난 후에 설거지는 바로. 깨끗이 씻어서 마른행주로 잘 닦아 바로 수납해주는 센스! 아무리 바빠도 여기까지는 마무리해야 센스 있는 주부?

밥상 이야기

밥상 이야기를 쓰려니 '밥상'이라는 말이 새삼 생소하게 느껴진다. '왜지?' 하고 생각해본다. 외식이나 잘나가는 브런치 식당, 핫한 레스토랑, 스타 셰프, 이런 말들이 오히려 더 친숙하게 들리는 요즈음이다. 그만큼 집에서 밥을 먹는 횟수가 줄어든 걸까?

거의 하루 종일 일에 매여 있다보니, 웬만한 약속은 이도 다이닝이나 사무실에서 잡게 되고 특별히 다른 곳에서 식사를 하는 일은 거의 없다. 부득이한 경우를 제외하고는 웬만하면 식사 약속은 피하려고 한다. 저녁은 물론 집에서 먹고 싶고 점심은 도시락이다. 도시락은 잡곡밥에 나물과 김치, 콩류, 생선이 주를 이룬다.

전형적인 경상도 분이신 부모님은 입맛이 까다로우셔서 설탕이나 조미료가 들어간 음식을 드시지 못했다. 나도 그 맛에 길들여지다보니 외식이 괴로울 때가 있다. 특히 주위에서 맛있다

고 추천하는 한식당을 가보면 음식이 지나치게 달고 느끼한 조미료 맛이 느껴지는 곳이 많다.

평소에 내가 종종 흥분하면서 이야기하는 한식 메뉴 중에 비빔밥이 있다. 비빔밥은 어느 식당에서나 실패하지 않고 비슷한 맛으로 먹을 수 있다고 하는데 그 맛이 바로 어디에서나 똑같이 쓰는 달콤한 고추장 맛 때문이다. 그러나 사실 비빔밥은 고추장 맛이 아니고 나물 맛으로 먹어야 본연의 맛을 느낄 수 있다. 먼저 들어가는 나물에 그냥 먹어도 충분히 반찬이 될 만큼 각각 따로 간을 맞춘다. 여기에 밥을 넣어 비비는 것이다. 이때 고추장은 약간의 매운맛을 더하려고 넣는 양념인데 그 고추장으로 간을 맞추니 깊이 있는 비빔밥의 맛이 살아나질 않는다.

아무튼 달고 자극적인 음식에 점점 길들여진 많은 주부들이 점심 시간이면 식당을 가득 채우고 집에 돌아가는 길엔 백화점에 들러 만들어진 음식을 사서 저녁 준비를 한다. 저녁 시간이면 젊은 층들은 최근에 문을 연 잘나가는 레스토랑으로 휩쓸려 다니며 정작 자리에 앉아서는 상대와 대화하기보다 스마트폰에 집중한다. 식탁 위에서도 쉴 새 없이 트윗을 날리고 옆 사람이 아닌 다른 사람과 문자를 주고받는 사람들을 보노라면 정작 그 자리를 제대로 즐기지 못하는 것처럼 느껴지기도 한다. 이렇게 이야기하다보니 내가 시대의 흐름도 읽지 못하는 고집스럽고 답답한 인간으로 비칠지도 모르겠다는 생각이 든다.

그래도 나는 집밥이 좋다. 어떤 재료가 들어가는지 재료의 위생 상태가 어떤지 안심할 수 있고, 영양가를 따져서 무엇이든 먹고 싶은 것을 먹을 수 있고, 내가 좋아하는 좋은 그릇을 골라 보기 좋게 담고 편안히 먹을 수 있는 집밥이 좋다.

나도 가끔은 멋진 레스토랑을 찾아 맛있는 음식을 먹으며 좋은 사람들과 대화하면서 한껏 분위기를 내기도 한다. 내가 말하고 싶은 것은 균형이 중요하다는 것이다. 전염병처럼 몰아치는 정보에 휩쓸려서 나만의 생각과 삶의 철학을 잃어버린 채 맹목적으로 살아가는 것을 경계하자는 것이다. 지금 우리에게는 자신의 모습을 냉정하게 돌아보는 시간이 필요하다.

겉으로 보이는 화려한 모습만이 진정한 나의 모습인가.
나의 내면에는 무엇이 자리잡고 있는가.
나의 열정은 어디에 쏟아지고 있는가.
나는 어떤 삶을 살다 갈 것인가.

이런 진지한 고민을 하는 것이 우리의 세상을 바꿀 수 있는 힘이 된다고 생각한다. 이러한 세상이 주어졌으니 따라갈 수밖에 없다는 태도보다는 좀더 깊이 있게 세상을 바라보는 눈이 필요하다.

몇 해 전, 한 재벌 그룹의 젊은 딸이 자살한 사건을 두고 어느 칼럼니스트가 쓴 글이 생각난다. 많은 것을 가졌던 그가 사회적 책임이나 의무, 인간으로서의 자존감을 버리고 스스로 생명을 끊은 것은 감당할 수 없는 고통 때문이었을 거라는 얘기였다. 그러나 그 고통을 이겨내지 못한 것은 그에게 공부가 부족했기 때문이라는 것이다. 이 칼럼니스트가 말하는 공부란 무엇일까. 어떠한 상황에서도 나를 지탱하게 하는 힘, 신념, 책임감은 어떻게 갖게 되는 걸까.

공공의식, 철학적 사고, 역사 인식 등은 거저 생기는 것이 아니다. 패스트푸드가 우리의 건강을 책임질 수 없듯이 빠르고 편리한 방식과 내용 없는 정보들이 우리의 정신적 양식이 될 수는 없다. 이것 또한 균형을 맞추어야 함은 물론이다. 귀찮거나 힘들다고, 혹은 시간이 없다고 식사 준비를 소홀히 하게 되면 그 편한 맛에 중독되어 나와 나의 가족, 그리고 그 시간에 대화를 나누고 소통함으로써 이루어지는 가정교육은 점점 지키기 힘들어질 것이다.

테이크아웃 밥상

바깥에서 먹는 집밥.
익숙한 차림.
도시락은 편안하다.

술상 이야기

우리 친가는 대대로 술을 즐기고 마시는 능력도 대단한 집안이다. 집안에 자손이 많고, 대소사가 있으면 남들 집안에서는 잘 못 보는 10촌 너머까지도 모이는 것은 물론이고 '일가'라고 해서 같은 본을 쓰는 사람들도 서로 친척이라 칭하며 가깝게 지낸다. 대구에서 조금 떨어진 칠곡이라는 곳에 본관을 두고 있어 지금도 그곳과 그 주변에 많은 친척들이 살고 있다.

예전의 기억 중 몇 장면이 잊히지 않고 남아 있다. 그중 하나가 집안 어르신이 생신을 맞이했거나 축하할 일이 있을 때 손님들을 대접하던 풍경이다. 큰댁은 사랑채와 안채, 행랑채, 그리고 가운데 커다란 마당이 있는 널찍한 한옥이었다. 아주 귀한 손님은 사랑채에 모시고 나머지 분들은 모두 마당에 멍석을 깔고 각각 독상으로 대접을 했는데 부엌에 주욱 걸려 있던 일인용 소반을 전부 일렬로 늘어놓고 상을 차리는 모습은 신기하게만 느껴졌다. 음식의 내용물과 그릇의 모양이 가지런히 통일되고 유기 주전자에 술잔이 놓인 다음 커다란 정종병으로 그 주전자를 채우고 나면 순서가 끝나는 것이다.

결국 술상을 차리는 것인데, 대부분 한복을 입고 오시는 많은 손님들은 몇 시간이고 이어지는 그 술자리에도 취해서 흐트러지거나 하는 법이 없었다. 어릴 때부터 윗사람 앞에서 술 마시는 법을 배워서 그렇다고 나중에 누군가 설명해주기도 했다. 아무튼 아들이 없는 나의 아버지도 내가 고등학교 때 맥주를 먹어보게 하셨는데 대학에 들어가면 언제 술 마실 기회가 올지 모르니 미리 배워두어야 한다고 하셨다.

당연히 우리집에서도 술상을 차리는 일은 일상이었다. 무척이나 애주가이신 아버지는 거의 매일 반주를 거르지 않으셨고 팔순을 넘기신 지금도 누구와 대작을 하셔도 끄떡없을 정도의 주량을 유지하신다. 결혼 전부터 직장에 다니셨던 어머니는 아버지의 저녁 반주를 그다지 좋아하지는 않으셨지만 맘먹고 만드실 때는 독특한 안주를 선보이기도 하셨다. 딱 한 가지 음식으로 승부를 거셨는데 모든 격식을 차려서 근사하게 내오는 거다. 그 당시 잘나가는 멋진 그릇에 각종 장식을 곁들인, 그러나 출처를 알 수 없고 이름을 붙일 수 없는 묘한 음식이었다. 지금 표현으로 하면 창작요리, 혹은 퓨전 요리쯤 되는 것 같다.

당연히 부모님의 영향을 받아 나도 술을 좋아한다. 그리고 뚝딱 안주를 만들어 술상 보는 게 즐거움 중 하나다. 맛에 대해서는 썩 자신이 없으나 그릇이 그 맛을 받쳐주겠지 하는 생각이다. 예고 없이 찾아오는 술친구나 가족을 위한 술상을 차릴 때는 평소의 상차림과는 전혀 다른 방식으로 접근한다.

어머니가 그러셨듯이 나도 근본을 알 수 없는 묘한 음식을 만드는데, 주종이나 상황에 따라 재료가 조금씩 달라지지만 상상력을 동원해 만든다. 평소에는 늘 건강식과 소식을 주장하고 이를 실천하려고 애쓰는 편이라 같이 식사하는 주변 사람들을 피곤하게 만드는 경우가 많지만 술안주만은 그 원칙을 지키기가 힘들다. 술상 볼 시간은 불현듯 찾아올 때가 많고, 기분을 내고 호탕하게 대화하며 즐기려면 모두가 좋아하는 재료를 고를 수밖에 없다. 그렇게 만든 안주에 최대한 아름답고 근사하게 모양을 내어 분위기를 한껏 살린다.

술상에 올릴 그릇으로는 조금 형태가 난해하여 평소 밥상에 오르지 못하던 그릇 중에서 가장 조형적이고 독특한 것을 고른다. 이때에는 꼭 내가 만든 그릇을 쓰게 되는데, 나에게 이런 재능이 주어졌다는 사실에 스스로 도취되어 감사해하기도 한다.

진심으로 행복한 시간을 위한 준비가 시작되는 순간이다. 누구에게 용도를 설명할 필요도 없이 마음 가는 대로 만든 내 그릇에 마음 가는 대로 만든 내 음식으로 한껏 멋을 부릴 수 있는 시간이다. 그릇과 음식이 만나 진정한 작품이 탄생하는 것이다.

섬세하고 가느다란 선의 아름다움을 드러낸 좁고 납작한 긴 접시에는 올리브를 일렬로 깔아서 선과 점으로 표현해보기도 하고, 가야금산조의 휘모리장단에서 영감을 받아 만들어 격정적인 가락이 들리는 듯한 짙은 회색 볼에는 연녹색 청포도를 송이째 풍

성하게 담고 그 위에 붉은 석류를 흩뿌려 강렬한 색채 대비로 휘몰아치는 듯한 분위기를 연출한다. 부드럽고 우아한 푸른 솔빛에 제멋대로 만들어 흔들리는 것처럼 보이는, 한 손에 쏙 들어가는 볼 세 개를 골라 고등어 안주 3종 세트를 만든다.

고등어살을 다져서 튀겨내기도 하고 조그맣게 조각낸 고등어살에 토마토 소스를 얹어 오븐에 구워낸 다음 치즈를 듬뿍 뿌리기도 한다. 또 일본된장과 생강으로 조려낸 고등어에 무즙을 얹은 것도 있다. 이렇게 마련한 세 가지 고등어 안주를 각각 다른 형태의 볼에 담아 흙맛이 물씬 나는 동그랗고 납작한 접시 위에 삼각형으로 얹는다. 이때 양은 넉넉히 만들더라도 접시에 올릴 땐 조금씩만 담고 다시 내갈 때에는 처음의 느낌을 잃지 않도록 한다. 보기만 해도 술맛이 난다.

또 재빨리 만들 수 있고 내가 가장 좋아하는 야심작이 있다. 먼저 두툼하고 넓적한 질 좋은 등심을 준비해 뜨거운 프라이팬에 앞뒤로 지진다. 그런 다음 이미 달구어진, 내화토로 만든 두꺼운 판 접시에 담아 식탁에 바로 올려놓는다. 지글지글하는 맛있는 소리에 갑자기 앞에 앉은 누군가가 더욱 사랑스러워 보인다.

술상에서 가장 중요한 기본 법칙은 와인과 위스키를 제외하고는 병째로 올리지 않는다는 것이다. 소주든 정종이든 막걸리든 도자기 병에 따라 담고 술잔도 거기에 맞추어 낸다. 그리고 모인 사람들이 직접 고를 수 있도록 여러 가지 잔을 준비한다.

그렇지만 역시 와인과 위스키는 유리잔으로, 용도가 확실하게 정해진 잔을 사용하는 것이 맞다는 결론을 내렸다. 2년 전쯤 도자기 와인잔을 만들어 써보고 주위의 의견도 들어봤지만 역시 그건

좀 아니다 싶었다. 와인잔은 유리를 통해 비치는 색감과 유리벽을 타고 움직이는 술의 질감이 잘 살아나야 하는데 특히 레드 와인일 경우에 도자기는 그 몫을 해내지 못한다. 어쨌든 그것과 별개로 나의 큰 취미 중 하나가 여행 갔을 때나 기회가 될 때마다 와인잔과 위스키잔을 꼭 한 개씩만 구입하는 것이다. 그렇게 기념품처럼 사 모은 와인잔은 이제 종류가 꽤 다양한 데 비해 위스키잔은 좀처럼 맘에 드는 것을 구하기 쉽지 않았다. 아무튼 유리 찬장을 열어보면 각양각색의 잔이 모여 있다. 그것들을 바라보는 것, 그리고 그것들이 술자리에서 다양하게 사용되는 것이 얼마나 즐거운 일인지 모른다.

요즈음 젊은 사람들에게는 아마 집으로 친구를 불러들여 음식을 만들어주는 일이 흔치 않을 것이다. 외식이 많고 밖에서 즐기는 문화이다보니 친구를 초대하는 걸 점점 귀찮아하고 헛된 일이라 생각하는 것 같다. 100년 전 프랑스에서 발간된 어느 신문엔 100년 후에 다가올 세상의 모습이 스무 가지 남짓 그려져 있었다. 그중 열대여섯 가지는 오늘날 실현되었다고 한다. 예를 들어 전화기를 휴대할 수 있다거나 세계가 일일 생활권이 된다는 얘기, 집에서도 영화 관람이 가능하다는 것 등이 그렇다. 여기서 핵심은 "어떻게 100년 전 그들이 오늘의 세상을 예측할 수 있었느냐?"가 아니고, 인류는 우리가 간절히 원하는 것을 향해 진보해왔다는 것일 게다. 그러나 그들도 스마트폰이 세계를 하나로 묶을 수 있다거나 그것이 때로는 우리의 삶을 도리어 얼마나 단조롭게 만들지, 그로 인해 얼마나 많은 소중한 가치들을 저버리고 살아가게 될지는 상상하지 못했을 것이다.

같은 것은 지루하다

소중한 사람들과 술을 마시기 전
각양각색의 술잔을 음미하며
어디에 술을 따라 마실지 고민하는 순간,
행복은 시작된다.

만들어진 음식을 사서 식탁에 올리고 편리함만을 추구하며 살아가는 많은 이들. 그들은 그렇지 못한 부류를 세상의 흐름에 뒤처지는 이들인 양 취급하기도 한다. 집에서 만든 음식으로 대접하는 집들이, 친구를 불러 대화할 수 있는 술상, 피자집이 아닌 아이의 방에서 여는 생일잔치. 이러한 것들을 촌스럽다고 해야 할까?

정성 어린 손님상

프랑스 실존주의 문학의 위대한 작가 알베르 카뮈는 스승 장 그르니에에게 보낸 서한에서 이렇게 말한다. "그러나 적어도 나날이 심해지고 있는 이 광란 속에서 제가 진실이라고 믿었던 모든 것을 붙잡고 있기로 결심했습니다. (…) 우리 힘으로는 어쩔 수가 없는 너무나 많은 가치들이 죽어가고 있는 지금, 최소한 우리에게 책임이 있는 가치들만이라도 저버리지 말아야 할 것 같습니다."(『카뮈-그르니에 서한집 1932~1960』) 카뮈의 나이 스물다섯이었다.

이 글을 읽으니 지금 우리의 현실은 어떤가 생각하게 된다. 나에게 주어진 최소한의 책임에 대해 생각한다. 요즈음은 집들이, 백일상, 돌상, 생일상 등을 밖에서 차려내 접대하는 것이 유행이고 어느새 그게 당연한 것처럼 여긴다. 하지만 집에서 치르던 여러 가지 손님상들이 이제는 밖에서 차려지게 된 이유는 무엇일까. 맞벌이 부부가 늘어나서 시간이 부족한 걸까. 아니면 입시 위주의 교육과 스펙 쌓기에 여념이 없어 요리할 줄을 몰라서인가. 집에서 요리하자니 복잡하고 귀찮고 고생스러운가. 아니면 그 모든 것을 합한 이유에 근사하게 보이고 싶은 과시욕이 더해진 것인가. 이래도 저래도 참 안타까운 일이다. 특히 백일과 돌에 가족 아닌 손님들을 호텔에 모아놓고 파티를 하는 모습만큼 싫은 게 없다. 이것은 백일의 의미도 돌의 의미도 모른 채 그저 호화롭게만 보이기 위해 생각 없이 하는 행동이라고밖에는 여겨지지 않는다.

20여 년 전 개인적으로 중국 연길에 초대되어서 간 적이 있다. 하루하루 달라지는 중국이라 지금은 또 분위기가 어떤지 모르겠으나 그때는 여간해선 볼 수 없던 여러 가지 경험을 했다. 이른 아침을 먹으러 재래시장에 나온 사람들이 줄을 서서 기름에 튀긴 밀가루빵을 사 먹으며 즐겁게 큰 소리로 웃고 떠들고 있고, 음식 재료와 식품 등을 당나귀에 실어서 운반하는데 길바닥에는 당나귀가 배설한 오물들이 그대로 널려 있고, 길거리 옷집에서는 한국 가요와 타이완의 유명 가수인 등려군이 부르는 애잔한 노래가 섞여 흘러나왔다. 그곳은 나에게는 충분히 이국적이며 마치 어린아이가 된 듯한 즐거움과 묘한 향수마저 불러일으키는 곳으로 남아 있다.

어느 날 아는 분에게 저녁 초대를 받아서 가게 되었는데 그야말로 옛날 우리의 손님상 그대로였다. 접시마다 음식이 가득가득 담겨 상을 채우고 그 위에 한 층 쌓이고 또 그 위에 한 층 쌓이고 포개져서 맨 아래 깔린 음식을 먹으려면 젓가락으로 탐험해서 팔을 꼬지 않으면 먹을 수 없었다. 소식을 하는 편인 나는 제대로 맛도 다 볼 수 없을 정도였다. 자치주이긴 하지만 중국의 음식이 워낙 다양하고 특별하여 최고의 재료로 솜씨를 뽐낸 요리 중에는 비둘기 고기를 완자로 띄워낸 국, 알이 가득찬 개구리 찜도 있었다. 평소에 알이 가득차 있는 생선도 먹고 번데기도 좋아하는 터라 익숙지는 않으나 맛있게 먹었다. 게다가 워낙에 여행할 때는 그곳에서만 맛볼 수 있는 요리에 도전하려는 마음가짐이 준비되어 있으니 다만 내 양이 적다는 게 억울할 뿐이었다.

센스 있는 주인은 위에 포개진 접시를 얼른 들어준다. 어떻게든 하나라도 더 맛보게 하려는 양 그릇 사이에 놓여 감춰진 음식 하나하나를 진지하게 설명하고 내 앞으로 옮겨주고, 맛있다고 하면 극구 한입 더 권한다. 모든 식구들이 목소리를 높여 웃어주고 격려해주어 내가 하나라도 더 도전할 수 있게 도와주었다. 맛있는 음식을 맛있게 먹는 것은 인간의 절대적 욕구이며 맛있는 음식으로 손님을 접대하는 것이야말로 그 사람에 대한 호의를 가장 잘 드러낼 수 있는 방법일지도 모른다. 오현제 시대의 막바지, 로마의 전성기가 끝나갈 무렵에는 채울 수 없는 정신적 공허함을 음식을 밀어넣어 채우려 했고 만찬이 성행하여 제대로 된 집이라면 필수적으로 구토실을 완비했다고 하니, 거기까지 간다면 문제겠지만 말이다.

우리도 예전부터 손님을 접대하려면 상다리가 휘어지게 내놓아야 제대로 차렸다는 평가를 받았다. 그렇게 진수성찬을 차려놓고도 "차린 건 없지만 많이 드세요"라고 주인은 말한다. 재미난 것은 일본에서는 식사를 마치고 나면 손님은 "잘 먹었습니다"라고 말하고 주인은 "변변치 못했습니다"라고 한다. 짝을 이루는 말이다. 요즈음은 "차린 건 없지만"이라는 말은 사라진 것 같다. 실제로 별로 차리지를 않으니까.

언제부터인가 음식을 하나씩 하나씩 내오게 되면서부터, 상다리가 휘어질 것 같은 진수성찬은 옛말이 되었다. 그렇게 한식이 코스로 나오게 된 것은 서양의 영향일까 일본의 영향일까? 일본에는 가이세키 요리라고 해서 차가운 요리, 뜨거운 요리, 입맛을 바꾸어주기 위해 나오는 것, 그다음 상 등으로 길게 이어지는 코스 요리가 있다. 이 가이세키 요리는 원래 다도에서 생겨난 것인데 16세기 이전에는 차를 마시면서 간단한 과자나 떡을 함께 내놓았지만 그후 상을 차려 요리를 함께했다고 한다. 19세기가 되면서 다도회와 별개로 요정의 요리로 자리잡으면서 코스 요리로 정착했다.

우리 한식당에서도 언제부터인가 고급 식당으로 갈수록 하나 먹고 나면 또하나, 마지막에 "식사는 무엇으로 하시겠어요? 된장찌개, 누룽지, 온면 중에 고르시면 돼요" 이런 모습이다. 뭔가 세련되어 보이기도 하나 서양식이나 일본식은 전통적인 모양새인데 비해 우리는 '뭐지?' 하는 생각이 드는 것은 나만의 느낌인가? 좀 그렇다. 밥과 반찬이 한데 어우러져 상다리가 휘어지게 차려내던 전통적인 모습은 슬금슬금 사라지고 외국인 친구라도 오면 전통식이라고 대접할 만한 곳이 없다. 내용과 방식에는 어떤 상관관계가 있을까?

그런데 얼마 전 연길에서와는 전혀 다른 경험을 했다. 누구나 이름만 대면 다 아는 집안에 어찌어찌해서 초대를 받아 가게 되었는데 안주인의 음식 솜씨가 아주 뛰어나서 내어오는 것마다 맛과 차림새에 부족함이 없었기에 초대된 모든 사람들이 감탄해 마지않았다. 그러나 나에게는 10분도 견디기 힘든 최악의 초대 자리였다.

주인 되는 분은 열심히 대화를 하려 애썼을 터이나 초대된 이들의 관심사나 여럿이 공감할 수 있는 주제를 배려해 이끌지 못하고 끝없이 자신의 이야기를 이어갔다. 대개 어느 자리나 이런 분들은 있기 마련이나 적어도 손님을 초대한 자리에서는 본인의 이야기는 조금 삼가는 것이 최소한의 예의가 아닌가 한다. 마치 요리 강의 시간인 듯 계속되는 안주인의 요리 만드는 과정 이야기를 듣고 있으려니 지루하여 거의 졸음이 쏟아질 지경이었다. 결국 왜 나를 초대했을까 하는 의문을 품은 채 먼저 자리를 뜨고 말았다.

그 자리에 모인 모든 이들이 서로 공감할 수 있는 대화를 이끌어내어 편안한 분위기로 서로 즐기고 불편함 없이 시간을 보낼 수 있게 해주는 배려, 그것이 주인의 몫 아닌가. 상다리가 휘어지지는 않아도, 단 한 가지의 음식을 차리더라도 모인 이들이 다 함께 즐거울 수 있는 분위기를 만들려는 생각. 왜 그런 생각은 빼놓은 채 그저 화려한 요리만으로 손님을 청하는지 모를 일이다. 우리가 감동을 받는 것은 의외로 다른 곳에 있는지 모른다. 멋진 요리가 아니라 손님을 향한 주인의 정성 어린 마음에 우리는 "잘 먹었습니다" 하고 문을 나서게 되지 않을까.

행복을 위한 시간

친구를 위해 향기로운 꽃을 사고,
식탁을 꾸미고, 그릇을 내놓는 것.
모두 시간과 정성이 드는 일이다.
우리는 소중한 사람을 위해 마음을 쏟는다.

설거지에 대한 단상

나는 설거지하기를 좋아한다.

조금 농담을 섞어 말하면 설거지라는 것이 끝나면 언제든 더욱 생산적인 다른 일이 기다리고 있을 것 같은 기대 때문이다. 그것을 끝내놓지 않으면 그 일은 다가오지 않을 것 같다.

예를 들어 아침에는 첼로 수업이 있다거나 회의에 나가야 한다거나 하는 일이 연이어 있고 저녁에는 읽고 싶은 책이 눈앞에 어른거리기도 하고 꼭 봐야 할 '미드'도 기다리고 있다. 도자기로 식사를 할 때 가장 좋은 것은 그릇을 개수대에 담궈놓아 마음이 찝찝해지거나 눈에 거슬릴 일이 절대 없다는 거다.

도자기는 오랫동안 물을 먹으면 약해진다. 그러니 제때제때 씻어 말려놓아야 하는데 그것은 우리를 부지런하게 만들어주니 얼마나 고마운가. 물론 하루이틀 정도로 그럴 일은 없다. 하지만 가끔 사람들이 도자기는 잘 깨진다고 말할 때 혹시 설거지를 제때 하지 않았기 때문은 아닌지 물어보고 싶다.

건조대에 함부로 세워놓는 과정에서 가끔 이가 나가기도 한다. 그것은 순전히 쓰는 사람의 부주의 때문이다. 내가 그릇을 만들어 직접 써온 지 25년인데 가마에서 비정상적으로 나오는 것 이외에 사용하다가 내 손으로 그릇을 깨뜨려본 적은 맹세코 단 한 번도 없다. 전 국민이 도자기를 쓰는 일본에서도 "도자기는 깨져서"라는 말은 들어본 적도 없다.

어제는 가까운 여자 후배들을 집으로 불렀다. 와인이나 한잔하면서 오랜만에 수다를 떨고 싶어서였다. 예전에는 친구들과 모임을 가진다든지 같이 여행을 간다든지 할 시간도 여유도 없었다. 그저 가고 싶을 때 혼자서 훌쩍 떠나는 수밖에 없었고 그것을 즐기기도 했다. 여간해서는 모여서 수다를 떨 시간도 나질 않았다. 그러다 언제부터인가 친구들이 그리워졌고 혼자인 것을 더이상 즐기고 싶지 않은 날도 생기기 시작했다.

음악은 클래식과 90년대 가요로 준비하고 음식은 간단하게, 그러나 골고루 영양을 챙겨서 푸짐하게 서너 가지만 만들었다. 소고기가 들어간 샐러드에 오일과 붉은 고추가 들어간 파스타, 그리고 사과와 청포도, 치즈, 올리브로 와인 안주를 마련했다.

나는 음식을 만들 때 그릇이나 도마 등을 늘어놓는 것을 싫어해서 하나씩 음식을 만들면서 필요 없는 도구는 그때그때 치워가며 만든다. 그러다보면 음식 준비가 끝날 때쯤이면 싱크대 위가 깨끗하다. 먹을 음식이 담긴 그릇만 남는다. 그러니 설거지도 간단하다.

흐르는 음악 속에서 즐겁게 마시고 이야기를 나누고 떠들면서 우리집은 몇 시간 동안 흥겨움에 사로잡힌 행복한 장소가 된다. 그릇을 만드는 사람의 집이니 당연히 다양한 그릇이 넘치도록 있다. 식탁 위에는 식사중에 일어나는 것을 싫어하는 내가 준비해 놓은 덜어먹을 접시가 수북이 쌓여 있고, 친구들에게 보여주기도 할 겸해서 내온 새로 나온 여러 가지 모양의 볼도 쓰여지기를 기다리고 있다.

식탁 위에 놓인 그릇은 대부분 쓰임의 몫을 다하고 하나둘씩 개수대 쪽으로 옮겨진다. 따끈한 차를 마지막으로 우리의 조촐한 파티는 끝났다.

자, 이제 내가 좋아하는 설거지할 시간이다. 이 과정만큼은 남의 도움을 받지 않고 오로지 나 혼자 한다.

우선 우리집 개수대에는 흔히 볼 수 있는 세척용 스펀지나 수세미는 없다. 물기가 완전히 빠지지 않은 수세미로 다음 설거지를 하거나 세제가 남은 채로 스펀지가 말라가는 것을 나는 싫어한다. 그래서 내가 애용하는 세척 도구는 바로 다름 아닌 어느 집에나 있는 키친 타월이다. 우선 이 키친 타월을 두 장 정도 잘라서 물에 적셔 식탁 위를 깨끗이 닦아준 다음 다시 물에 빤 뒤 기름기가 없는 그릇부터 싹싹 문질러서 닦아준다. 그런 다음 기름이 묻은 그릇은 키친 타월에 세제를 살짝 떨어뜨려 닦아준 다음 물로 헹구어낸다. 그래도 키친 타월은 찢기지 않은 채 그대로다. 다시 꼭 짜서 씽크대를 닦아준 다음 잘 펼치면 그 모양 그대로다. 그것을 잘 말려두었다가 그 다음날 변기 청소할 때 다시 쓰고 버리면 된다.

때때로 화장실에서 손 닦는 데 쓰는 종이 타월이 마구 쓰레기통으로 들어가는 것을 보면 어찌나 아까운지…… 내가 사랑하는 숲속의 나무에서 나온 것들 아닌가.

그릇을 닦는 시간

사랑하는 것은 귀하게 다룬다.
내팽개쳐두지 않는 마음. 조금이라도 더 가꾸고
보살피려는 마음이 나를 게을리 머무르게
내버려두지 않는다.

2부

그릇 이야기

그릇 세트 꼭 필요할까

내가 대학교에 다닐 무렵 이미 어머니는 내 혼수 준비를 시작하셨다. 다른 어머니들처럼 우리 어머니도 역시 그릇을 혼수 1위로 정하시고는 지금도 알 만한, 아기자기한 꽃무늬와 섬세한 라인이 귀여운 그릇 세트를 준비해주셨다. 나는 대학을 졸업한 바로 이듬해에 결혼을 했는데 그 그릇은 집들이 때 사용해보고 그 뒤로는 잘 싸서 지금껏 모셔두었다. 그러고는 곧바로 유학을 떠났고 귀국 후에는 큐레이터로 미술관에서 일을 시작했는데 살림에는 별 관심이 없었으며, 미술관을 그만두고서는 바로 그릇을 만들기 시작했기 때문이다.

나중에 알게 됐지만, 그때 고급 그릇으로 우일요 김익영 선생님의 백자 그릇이 있었다. 알 만한 사람들 사이에서는 인기였다고 하는데 어머니는 거기까지는 모르셨던 것 같다. 김익영 선생님은 명실공히 그릇 작가 1호이시다. 아마 어머니가 그 백자 그릇을 준비해주셨더라면 워낙 소량으로 제작되었을 그 그릇을 지금껏 애지중지하며 쓰고 있을 텐데 말이다. 지금도 창덕궁 후원의 담을 함께하고 있는 자그마한 집에서 선생님의 우아한 그릇을 만날 수 있다. 선생님은 돌아가신 어머니와 동갑이신데 아직도 활발하게 작업을 하고 계신다. 나는 정말로 선생님을 존경한다. 푸짐하면서 큰 배포가 느껴지는 선생님의 넉넉한 푼주를 보면서 나에게 잠재되어 있는 뜨거운 의욕을 다시 한 번 확인하곤 한다.

아무튼 처음 그릇을 시작해서는 갈팡질팡하면서 무척이나 헤매었다. 나보다 먼저 그릇 세계에 발을 들여놓으신 선배, 고작해야 서너 분 계셨는데 그분들을 찾아가기도 하고 작업실로 모셔서 조언을 구하기도 했다.

어울리지 않게 그림도 그렸다. 그때 시도했던 그릇은 아직도 샘플로 갖고 있다. 물론 산수화나 꽃 같은 그림은 아니고 단순하게 디자인된 기하학적인 선 모양이었다. 그때는 무언가 장식적인 요소를 찾으려 애썼던 것 같다. 생각해보면 그릇의 역사는 인류의 역사인데 얼마나 많은 것들이 만들어졌겠는가. 그 안에서 새로운 것을 만들려 하니 고통스럽기도 한 것이다.

그러나 항상 음식을 돋보이게 해야 한다는 기본 원칙에서는 벗어나지 않았다. 형태에서 장식적인 부분은 음식에 방해가 될 뿐 아니라 수납에도 문제가 있다는 사실은 분명하다. 처음 2년여 동안은 아무리 해도 맘에 들지를 않아 많은 것들을 버렸다. 가마 문을 열면 또 아니고 다시 만들어 들여다보면 또 아니고, 도대체 아름답지도 않고 내 것 같지가 않았다. 나의 개성이 드러나지가 않고 어디에서 나만의 색을 만들어야 하는지를 몰라 그렇게나 찾아 헤맸다.

내가 쓰기에도 맘에 들지 않았지만 무조건 나도 써보고 어머니께도 드려서 직접 써보시게 했다. 사업가로 바쁘게 사셨던 어머니는 그래도 주말이면 직접 식탁을 준비하시고 딸이 만든 그릇의 소비자로서 "이건 공짜라도 못쓰겠다" "이건 뭘 담아도 태가 안 난다" "네 눈엔 이게 예쁘냐" 등의 말씀을 해주셨다. 나중에 내가 좀 인기 있는 그릇 작가가 되니 주문이 밀려 어머니께는 가져다 드릴 여유가 없었다. 계속 기다리시다가 어느 날 급기야 돈 주고 살 테니 가져오라고 화를 내셨다. 그제서야 조금 챙겨드린 것 같다. 지금은 돌아가시고 안 계시지만 정작 딸의 그릇 세계는 지면이나 화보 속에서만 보시고 직접 누려보지는 못하셨다.

그렇게 수없이 만들고 버리고를 계속한 결과 드디어 '나만의 것!'을 찾아냈다. 음식이 담기는 부분은 유약 처리를 하고 나머지 부분을 유약 없이 점토 그대로 보이게 하는 기법이었다. 그것은 정말 나의 맘에 꼭 들었으며 지금도 이윤신의 그릇을 대표하는 라인으로 굳건히 자리매김하고 있다.

스스로 어느 정도 정리가 되어 세상에 내놓아야 할 때 정말 나는 너무나도 수줍었다. 지금도 그 수줍음은 여전하여 이도에 나가면 문을 연 이후엔 매장에 발을 들여놓기가 힘이 든다. 손님과 대면하기가 민망하다. 왜인지 가슴이 벌렁거린다. 아마 이렇게 말하면 많은 분들이 믿지 않을지도 모른다. 그러나 사실이다. 이건 프로답지 않은 태도라고 스스로 말해보아도 고쳐지지 않는다. 공방에서 작업을 할 때는 자신감이 넘쳐서 결과물이 좋을 땐 드

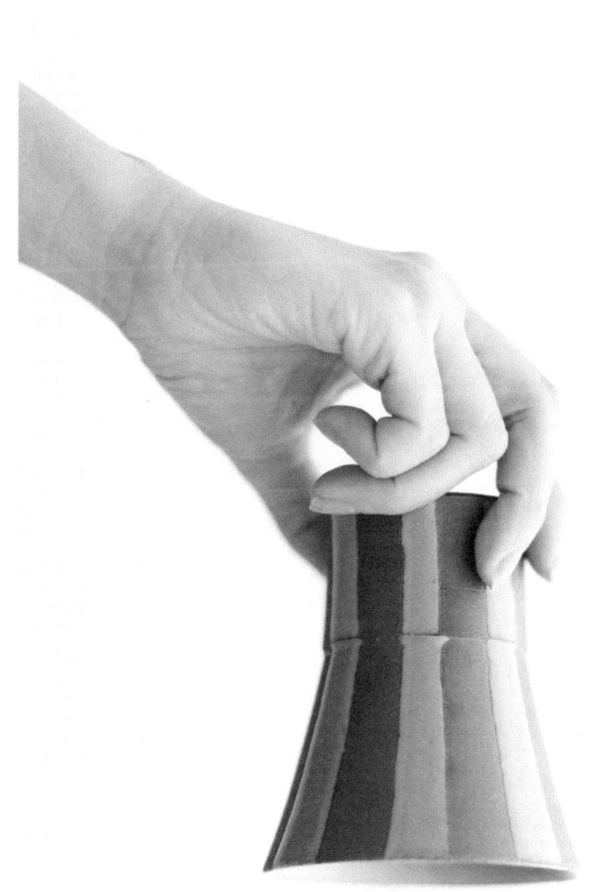

러내놓고 공방 식구들에게 자화자찬하는 대사도 서슴지 않고 날린다. 공방 식구들은 다 안다. 내 표정을 보면 벌써 이 자가 지금 무슨 말을 하려는지 뻔히 아는 것이다. "너~무 예쁘다" "정말 야심작이야" "최고야, 최고" 등등 들어줄 수 없는 말들을 던진다. 그러나 난생처음 그것들을 세상에 선보일 땐 가슴이 두근거려 잠을 이룰 수 없을 지경이었다.

내 그릇 인생을 있게 해준 분은 박여숙 화랑의 박대표다. 그분을 지금도, 아니 영원히 잊을 수 없다. 그분은 내가 그릇을 만든다는 것에 관심을 갖고 상업 화랑으로서는 처음으로 공예 작가의 그릇 초대전을 열어주셨다. 지금도 그릇으로 개인전을 열기란 쉽지 않다. 보통의 화랑에서는 관심도 없을 뿐더러 자잘한 그릇 100개 파느니 50호짜리 회화 한 점 파는 것이 수월하고 이익도 더 많이 남는다. 그런데 다행히 첫번째 개인전에서 시쳇말로 좀 히트를 쳤다. 그때까지의 그릇과는 다른 신선함을 주어서라고 나름대로 분석한다. 개성이 강하고 흙맛이 살아 있으면서 심플하고 가벼워서 사용하기에 별 부족함이 없지 않았나 싶다. 지금이야 당연히 쓰는 물건으로 알지만 20년 전만 해도 작가의 그릇은 결코 쓸 수 없고 장식장에 고이 모셔놓고 바라보아야만 하는 줄 알았는데 내가 만든 것은 바로 식탁에서 김치도 담고 국도 담고 커피도 따라 마실 수 있는 '그냥 그릇'이었던 거다.

그런데 그때부터 나는 세트로 상차림하는 것을 싫어했다. 워낙 지루한 것을 견디지 못하는 성격 탓도 있겠지만 그릇을 진열할 때도 여러모로 고심해서 이것저것 섞어서 연출한다. 무엇이든 세트가 되어버리면 세련된 맛이 없다. 감각으로 승부할 수 없을 때

하는 수 없이 선택하는 것이 세트 아닌가?

물론 같은 색상으로 밥그릇부터 후식 접시까지 다 만들긴 한다. 그러나 식구들 밥상이든 손님 초대상이든 한가지로 맞추는 것이 재미가 없다. 격식 있게 모셔야 하는 손님일수록 다양한 종류의 그릇으로 준비한다. 예를 들어 여섯 사람의 상차림일 경우 앞접시 여섯 개를 모두 다른 것으로 한다. 청연, 온유, 윤, 소호, 나울 등 다른 라인에서 형태만 원형으로 통일을 한다거나 혹은 라인은 두 가지로 하고 원형과 사각 접시로 변화를 주거나 한다. 그렇게 식탁을 차려놓으면 자리에 앉는 순간부터 자연스럽게 대화가 시작된다. 서로의 그릇을 들여다보고 내 그릇을 다시 한 번 보면서 이야기를 나누다보면 음식 맛이 조금 부족하더라도 초대 자리가 빛난다. 1인상이나 2인상의 경우에는 밥그릇과 국그릇만 같은 것으로 놓고 찬기는 다른 톤으로 맞춘다. 단, 형태감은 통일하는 것이 좋다. 그중에 생선 접시 등은 오발 형태나 사각 등을 고르고 유약 색도 달리해보면 재미를 느낄 수 있다. 그리고 둘이 함께 먹는 음식을 담을 때는 조금 튀는 디자인을 골라보는 거다. 색상도 형태도 특별한 것으로 둘 사이에 놓으면 식탁은 완벽한 하나의 작품이 될 수 있다. 그렇게 스스로 즐기다보니 25년 전 청연과 온유 두 가지로 시작된 이도에는 지금 스무 가지 이상의 라인이 생겼다 사라졌다 하며 지금도 열 몇 가지의 라인이 매장을 채우고 있다. 그중 역시 강자의 자리는 청연과 온유가 차지하고 있지만.

손으로 만들어낸 그릇을 쓰는 즐거움은 다양함과 그 다양함에서 나오는 이야깃거리, 그리고 단순한 듯하나 깊이 있는 여유. 그런 것들이 아닌가 한다.

너와 나의 식탁

닮았지만 다른 그릇으로
둘만의 식탁을 차려본다.
그릇 이야기로 말문을 트고
밥술을 뜨면 어떨까.

음식 이야기에 왜 그릇 이야기는 빠질까

나에게는 딸이 하나 있다. 얼마 전 결혼해 아들 하나를 키우며 현모양처를 꿈꾸는 딸이다. 이 아이가 어린 나이에는 미국으로 가겠다고 우겨서 떠나더니 유학을 마치고는 다시 일본어를 배우겠다고 일본으로 갔다.

그사이에 잠시 출장 겸 아이를 만나러 갔는데 우연히 딸이 다니는 대학의 초급용 어학 교재를 보게 되었다. 거기에서 "앗!" 하고 놀라운 문장을 발견했다. 이런 내용이었다. "우리나라에는 사계절이 있습니다. 그런데 그 계절마다 제철 요리가 있습니다. 그리고 제철 요리에는 거기에 맞는 그릇을 씁니다. 봄에는 이러이러한 재료로 만든 음식이 있고, 그릇은 그 음식에 맞춰 어떤 형태의 어떤 유약 색이 어울린답니다." 정말 놀라운 순간이었다. 외국인 유학생이 처음 접하는 교재에 자기들 나라의 음식과 더구나 그릇 이야기가 실리다니…… 우리나라의 어학 교재를 본 일이 없는 나로서는 뭐라고 말할 수는 없으나 그 어느 나라에도 이런 이야기는 없지 않을까. 역시 도자기를 사랑하는 나라답다. 부럽다. 부러우면 지는 거라는데 왜 그리 부럽던지…… 일본에서 유학을 한 내가 그릇 만드는 일을 평생의 직업으로 택한 것은 당연하다고 생각한다. 일본에서는 가정이나 식당에서 도자 그릇을 사용하는 것이 그다지 놀랄 일도 아니었다. 무엇보다 나를 놀라게 한 것은 도예가를 향한 경외심에 가까운 시선이었다.

교토의 조그마한 동네에 살던 내가 학교 이외의 장소에서 자주 만나던 사람은 여러 가지 잡화를 팔던 가게의 아주머니였다. 처음 가게를 들락거리며 이것저것 살 때만 해도 일본어가 서툴러 애를 먹었다. 30년 전이니 요즘의 한류 분위기는 상상도 할 수 없었고 나를 만나면 이상하게 보는 눈으로 아래위를 훑어보기가 일쑤였다. 어느 날 그 아주머니는 궁금증을 못 이겨 나에게 넌 어디서 뭐 하러 여기까지 왔냐고 물었다. 내가 자신 있게 할 줄 아는 단어는 '한국'과 '도자기'다. 그런데 그 말을 하는 순간 놀라운 일이 벌어졌다. 갑자기 그 아주머니는 환하게 반색을 하며 "아~ 도자기!" 하더니 뭐라고 뭐라고 말을 시작하는데 대충 이런 내용이다.

"너 도예가구나. 어쩐지 뭔가 달라 보였어. 나 한국 도자기를 무척 사랑하는데 조선시대에 분청사기라고 있지? 내가 제일 좋아하는 도자기야. 일본에서 그 분청사기를 본떠 만든 비슷한 것이 있는데 턱도 없지. 아무튼 한국에 갈 기회가 없어서 일본 그릇에 차를 마시는데 꼭 한번 가고 싶어. 그런데 한국 사람이 왜 일본에 와서 도자기를 배우는 거지?"

그다음부터 나는 그 가게의 VIP가 되었고 아주머니는 만나는 사람에게마다 나를 소개했다. 이런 종류의 소소한 일화들은 셀 수 없이 많다.

내가 일본에서 배운 것은 도자기와 도예가에 대한 아주 오래된 사랑과 존경심이다. 일본에서 그런 문화는 한 치의 흔들림도 없이 누구에게도 방해받지 않고 조용하지만 뿌리 깊게 이어져왔다. 나는 그런 문화가 우리에게도 무척 중요하다는 사실을 일본에서 깨달았다. 하지만 슬프게도 우리나라에서는 이와 반대되는 경험을 많이 했다.

나는 매우 내성적이고 남 앞에 나서기를 싫어한다. 어찌 보면 사교적으로 보이기 쉬운 인상이라 남들은 잘 모르지만 사실 나는 사람을 처음 만나는 자리가 무척이나 괴롭다. 더구나 내가 무엇을 하는 사람이라고 소개를 해야 하는 자리는 곤혹스럽기까지 하다. 내가 그릇 만드는 사람이라고 인사하면 대부분의 반응은 이렇다. "가마는 어디 있나요?" "다완 하세요?" 생활 자기를 한다고 대답하면 갑자기 흥미를 잃은 표정으로 "전 도자기는 잘 몰라서…… 제가 아는 선생님은 문경에 가마를 갖고 계신데 다완이 기가 막혀요. 다완 하나에 1~2천 한다는데 정말 멋지더라구요"라는 식이다. 그분이 아침저녁으로 식사를 하는 그 그릇이 바로 도자기인데. 집에서 쓰는 그릇은 그릇이고 내가 만든 그릇은 도자기라고 생각하는 듯하다.

누군가 아는 사람을 따라서 할 수 없이 매장에 온 어느 분은 밥그릇, 국그릇을 힐끔 보고 이렇게 말한다. "아이고. 우리 같은 사람은 보는 눈이 없어서……" 그분이 하루 세끼 집에서 쓰고 있는 바로 그것을 고르는 눈과 같은 눈으로 보면 되는데. 안타깝다. 나는 도자기 그릇은 모른다고 이야기하는 사람에게 아주 가끔 이렇게 물어본다. 집에서는 어떤 그릇을 쓰시는가 하고.

나는 어떻게 하면 우리 식탁을 우리 도자기로 채울 수 있을까, 그러기 위해서 내가 해야 할 일은 무엇인가를 고민하는데 가회동에 이도를 열면서부터는 나를 소개하기가 더욱 애매해졌다. 직원 수가 늘어나고 규모가 커지면서 회사의 형태를 갖추다보니 원치 않던 이름, 대표이사가 되어버린 것이다. 회사를 운영하긴 하는데 직업은 도예가다. 참 난감하다.

최근 2~3년 동안 한식 세계화 바람이 심하게 불었다. 이미 어느 정도 과거사가 되어버린 듯도 한 이 바람 때문에 온갖 방송 매체에서 다양한 방법으로 우리 음식을 세계에 알려야 한다고 들썩들썩거렸다. 여러 가지 음식이 한국을 대표한다고 아우성들이었는데 어떤 방송에서도 그 음식이 담기는 그릇에 관한 이야기는 찾아볼 수가 없었다. 화면에 나오는 불고기는 지구 어디에서나 볼 수 있는 차디찬 흰색 자기 접시에 담겨 있다. 잡채도 온갖 나물도 어디서든 쉽게 구할 수 있는 흔한 형태의 볼에 담겨 있고 심지어 어떤 방송에서는 플라스틱 그릇에 담긴 떡볶이를 그대로 내보내기도 했다. 음식은 한식이어야 한다면서 그것이 담기는 그릇은 우리 것이 아니어도 아무도 관심 갖지 않는다. 이 관심에는 대단한 지성이 필요한 것도 아니다. 끈기 있게 노력해서 습득해야만 하는 것도 아니다.

조선시대부터 이미 도공들은 그릇 아래에 자기의 이름을 새겨 넣어 끝까지 그 품질을 책임졌으며, 관요를 통해 나라에서 직접

도자기를 관리했으며 그것을 즐길 줄 아는 높은 안목을 가진 사대부들이 있었기에 오늘날 우리가 자랑하는 유산으로 백자가 존재하는 것이다. 이러한 3박자, 이 시대에는 불가능한 것일까?

작가의 도자기는 두 개, 네 개씩 사라

식기를 만들다보면 격세지감이라는 것을 자주 느낀다.

내가 작업을 시작할 때쯤엔 도자 작품만을 전문으로 다루던 도예 전문 화랑이 있었다. 그때 화랑을 운영하던 분을 우리 세대 작가들은 다 안다. 열악한 환경에서 고군분투하는 도예가들을 위해서 전시도 열어주고 작품도 사주고 그야말로 물심양면으로 끝없이 도와주던 화랑이었다. 전시실 옆에 조그마한 찻집도 같이 운영했는데 걸핏하면 그곳에 모여서 도예가 예술로 취급받지 못하는 미술계의 현실에 대한 서러움도 나누고 선후배간의 친목도 쌓곤 했다. 그저 아무때나 들러도 항상 누군가가 반겨주곤 하여 늘 편안하던 곳이다.

지금도 도예 작품은 상업 화랑에서 인기가 없으니 그 당시에는 어땠겠는가. 전시를 하게 되면 으레 유명 평론가에게 서문을 받고 싫어하는데 그때 도자기 전시라고 하면 글 받기가 힘드니 같은 흙을 재료로 만든 테라코타라고 하면 조각으로 분류되어 평을 받을 수 있다는 이야기까지 있었을 정도다.

아무튼 그 화랑에서 맘먹고 백화점 부스를 빌려 작가들에게 소품을 만들어 팔 수 있는 기회를 주었다. 그때 폭 1미터 정도의 선반 하나가 나에게 주어지고 일생 처음으로(사실은 이때가 내 그릇이 처음 세상과 만난 순간이었다) 판매라는 것을 직접 해보게 되었다. 일주일 정도였던 걸로 기억하는데 직접 판매까지 해야 했던 작가들은 열심히 각자의 작품을 권하고 팔고 했다. 그런데 나는 누군가가 내 쪽으로 오면 슬슬 그 자리를 피해서 다른 작가 쪽으로 옮겨다녔다. 차마 내가 만든 것을 내가 팔 자신이 없었던 것이다. 속으로는 제발 내 코너 앞에 사람들이 머물러주었으면 하고 바라지만 막상 그 상황이 되면 민망하여 도망을 다녔다. 어쨌든 그렇게 해서 다른 소품과 함께 내 그릇도 조금은 판매가 되었던 걸로 기억한다.

그런데 그릇을 사는 사람들은 한결같이 이것을 집에 가져가면 어떻게 장식해야 하느냐고 물어왔다. 쓰는 물건이라고 설명을 해도 이렇게 귀한 작품을 어떻게 쓰냐면서 장식장 어디에, 거실 어디에 어떻게 하면 멋지게 놓아둘까 고민을 하곤 했다. 그때 그런 생각을 했다. 시간이 가면 과연 사람들이 도자 식기를 실제로 사용할 수 있을까? 내가 바라는 세상, 우리 식탁에 우리 음식에 우리 그릇이 올라오는 날이 오기는 할까?

스티브 잡스는 세상 모든 집에서 퍼스널 컴퓨터를 사용할 수 있는 그날을 꿈꿨고 그 꿈을 이뤄냈다. 나는 세상 모든 밥상에 도자 그릇이 올라올 그날을 꿈꾸고 있다. 그 꿈을 실현하기 위해 내가 해야 할 일은 무엇일까? 가야 할 길은 멀지만 그래도 누군가가 해야 한다. 그 누군가가 바로 나다. 이런 생각들로 하루 24시간을 오로지 그릇 생각만으로 보낸 날들이었다.

그랬던 나날을 생각하면 요즘에는 뿌듯하게 격세지감을 느낀다. 사실 지금도 가끔 지인에게 선물을 할 때가 있는데 나 듣기 좋으라고 "선생님 작품 아주 고이 잘 모셔두고 있습니다"라고 얘기해주는 분들도 있기는 하다. 그러나 대부분 주부나 여성 분들, 그릇이니 당연히 쓴다는 것을 알고 용도를 개의치 않고 나름대로의 개성을 살려 화려한 연출도 스스럼없이 한다. 그야말로 밥그릇이 평소에는 밥그릇으로, 아플 땐 죽그릇으로, 날씨가 좋을 때는 화채그릇으로 변한다. 또한 샐러드를 담을 땐 포크를, 아이스크림을 담을 땐 크기에 맞는 매트를 깔고 작은 스푼을 곁들이면 되고 두 개를 나란히 놓아 하나에는 땅콩을 다른 하나에는 잘게 채 썬 북어포를 담으면 안주그릇이 된다. 이 얼마나 놀라운 용도의 변화이자 생활의 즐거움인가.

흔히 이렇게 말한다. 도자 그릇이 좋기는 한데 지금 쓰는 것들과 분위기가 안 맞고 그렇다고 몽땅 다 바꿀 수도 없다고 말이다. 나는 이렇게 권유하고 싶다. 작가의 식기를 구입할 때는 집의 모든 그릇을 바꾸려 하지 말고 우선 두 개, 혹은 네 개를 사서 용도에 변화를 주어 자주 쓰도록 한다. 밥그릇도 좋고 접시도 좋고 두 개, 혹은 네 개 정도를 같은 것으로 맞추면 나중에 조금씩 늘어났을 때 중구난방이 되는 위험을 줄일 수 있다. 작가들의 도자 식기는 웬만하면 어울려 쓸 수 있는 커다란 장점이 있다. 그러나 낱개

담 다

그릇은 참 신기하다.
품는 물건에 따라 모양을 바꾸는 보자기처럼,
그릇도 담는 음식에 따라
전혀 다른 느낌으로 다가온다.

로는 분위기를 통일하기가 힘들다.

도자 그릇이라도 높은 온도에서 구운 자기류는 조금 겉돌 수 있는데 이럴 때는 지나치게 흙맛이 나는 그릇들과는 안 어울릴 수도 있다. 반자기 정도의 온화함이 느껴지는 백자 그릇 정도가 좋을 듯하다.

찬장을 열어 그릇을 보이게 하자

어릴 적 시골 부엌을 떠올리면 선반에 가지런히 엎어져 있는 국사발과 밥공기가 함께 떠오른다. 내가 좋아하는 모습 중 하나다. 지금은 어느 집이나 정형화되어 있는 부엌에서 찬장을 연다는 것은 품이 드는 일이다. 그러나 그런 시도는 나에게 생활의 색다른 즐거움을 가져다주었다. 우선 시각적으로 부엌이 아름다워 보인다. 이때 어느 집에서나 볼 수 있는 차디찬 흰색 자기 그릇이 아니라 각양각색의 그릇이 보이면 더욱 아름답다. 손으로 만들어진 다양한 형태의 도자기 그릇이 차곡차곡 놓인 부엌은 한 폭의 정물화처럼 다가오기도 하고 멋진 인테리어 매장 같은 분위기를 내기도 한다.

2004년 인사동 쌈지길이 문을 열었다. 열심히 만들고도 판매할 여건을 갖추지 못한 공예가나 숨어 있는 좋은 공예가를 대중과 가까이 연결해주고자 당시 쌈지그룹 천호균 회장이 만든 공예 전문 매장이었다. 나선형으로 둥글게 난 길을 따라 예닐곱 평의 매장들이 30~40개 들어섰는데 그중에 '이도'라는 이름으로 이윤신의 첫 매장이 문을 열었다. 처음엔 그렇게 조그마하게 이도가 탄생했다. 지금도 많은 분들이 이도의 뜻을 물어보신다. 너무나 단순하다. '이윤신의 도자기'에서 머리글자를 딴 이름이다. 그렇게 단순한 이름으로 일곱 평짜리 매장을 열게 되었을 때 공방 직원은 나까지 모두 다섯 명이었고 매장에는 한 사람뿐이었다.

아무튼 첫 매장만큼은 그 준비를 누구에게도 맡기지 않고 내 아이디어로 모두 완성하고 싶었다. 그릇을 최대한 친근하고 아름답게 보이게 하기 위해 되도록 집안의 느낌으로 연출하고 싶어 찬장, 식탁, 콘솔과 선반을 직접 디자인했고, 이를 가구를 잘 만드는 아저씨가 색깔 좋은 원목으로 근사하게 만들어주었다. 잘 짜인 오픈된 찬장이 그중 많은 부분을 차지했는데 역시 그릇의 아름다움이 그대로 살아나고 쉽게 고를 수 있어 많은 분들이 좋아하셨다. 가회동 이도의 인테리어는 기본적으로 규모도 크거니와 모던한 느낌으로 수평과 수직 구조로 만들다보니 아기자기한 부엌의 느낌은 포기했다. 인테리어를 맡아주신 이종환 선생님은 내가 원하는 오픈된 찬장의 느낌을 아래층 벽면 쪽에 간유리로 반만 열리는 현대식 주방으로 표현해주셨다. 일층에서 아래층을 바로 내려다보게 되어 있는데 그곳에 그 찬장이 보인다. 기분이 좋다.

나는 그릇을 진심으로 사랑한다. 단 한 시간도 그릇을 생각하지 않기란 나에게 가장 어려운 일이다. 내가 만들고도 너무 좋아서 한동안 넋을 잃고 바라보기도 한다. 만지고 들여다보고 담아보고 씻어보고 또 들여다본다. 다른 작가의 그릇도 그렇다. 맘에 드는 그릇이 눈에 뜨이면 지나치지 못하고 그 자리에 서버린다. 만져보고 사랑을 느끼다가 드디어는 내 것으로 만든다. 당연히 이도에서 산다. 우리 직원들은 작가들의 노고를 알기에 나에게도 할인은 없다. 나도 절대 깎지 않는다. 작가들의 그릇 앞에서는 나도 한 사람의 구매자, 팬일 뿐이다. 그렇게 사 모은 그릇으로 나의 부엌이 꾸며진다. 자꾸 찬장으로 눈이 간다. '저 그릇에 언제 무슨 음식을 담아볼까?' '저 그릇은 누가 만들고 언제 산 것이지' '옆의 것은 여성 작가가 만든 것이라 그런지 좀 섬세해' 등등.

이렇게 그릇이 한눈에 보이면 부엌이라는 공간은 전혀 다른 의미로 다가온다. 색상과 상관없이 용도별로 쌓아본다. 국그릇, 밥그릇, 작은 접시, 중간 접시, 면기, 이렇게 포개놓는 것이다. 엎어놓는 것보다는 바로 꺼내어 쓸 수 있게 위로 향하게 한다. 원하는 대로 골라서 쓰기 쉽고 설거지한 다음 올려두기도 쉽다. 먼지를 두려워하지는 말자. 그보다 더 즐거운 일들이 기다린다. 굳이 음식을 담아내지 않아도 그 자체로 그릇 자랑을 할 수 있다. 아이들이 스스로 쓰고 싶어하는 그릇이 생길지도 모른다. 어릴 적부터 수월하게 스스럼없이 문화를 누릴 수 있을 것이다. 멋을 좀 아는 부인, 뭔가 특별한 엄마가 되기에 참 쉬운 방법이다.

찬장을 보다

가지런히 놓인 고운 그릇,
사랑스러워서
자꾸 보게 된다

언제까지 흰색 자기만 쓰실 건가요

흔히 처음 도자기를 대하는 사람들이 “다루기 어렵다”고 지레 겁을 먹는 경우가 있다. 나는 답답한 마음에 절실함마저 가지고 ‘한 번만 써보세요. 나중에는 그 희디희고 차가운 흰색 자기 그릇은 못 쓰시게 될 거예요. 아마 마음까지 생활 방식까지 따뜻해질 거예요’라고 속으로 부르짖는다. 25년을 부르짖어오고 있다.

물론 흰색 자기 그릇에도 나름대로의 세계가 있다. 그것을 부정하지는 않는다. 단단하고 규격화되어 있고 편하게 사용할 수도 있다. 그러나 똑같은 그릇이라는 이름 아래 도자기 그릇은 이해하기 어렵다며 아예 관심조차 갖지 않는 사람들도 수두룩하다.

우리집에 오시는 분 중에 정리의 달인이 한 분 계신다. 표현 그대로 그분의 손길이 닿았다 하면 모든 것이 일렬종대 일렬횡대로 각자의 길로 들어가서는 얌전하게 자리를 잡는다. 나야 워낙 폼으로 살림을 하는 처지인데다가 시간이 부족하다는 이유로 가끔 달인의 손길을 빌려 흐트러진 물건들을 다시 제자리로 돌려놓는다.

그런데 이분이 요즈음 새로운 사랑에 빠졌다. 그릇 사랑에 푹 빠졌다. 내가 빠지라고 한 적도 없고 굳이 부르짖은 적도 없는데 스스로 빠졌다. 우리집에는 내가 만든 그릇은 물론이고 내가 가는 곳마다 사 모은 작가들의 그릇으로 찬장이 꽉 채워져 있다. 손에 잡히는 것마다 모두 개성 넘치는 접시요 대접에다 잔들이다.

달인이 찬장 정리를 해주기로 한 날은 전날 예기치 않게 후배 여럿이 다녀가서 찬장 속 그릇들이 산더미처럼 나와 있었다. 그랬기에 마침 잘됐다 하고는 같이 정리를 해보기로 했다. 그릇 하나하나를 들여다보고 만져가며 조용조용 일이 진행되었다.

식사 시간이 되었기에 늘 하던 대로 냉장고 안에 있는 쌈 채소를 청연 볼에 옆으로 살짝 뉘어 담았다. 짓자마자 한 김을 뺀 후 한 덩이씩 나누어 바로 냉동고에 넣어둔 잡곡밥은 온유 작은 볼에 산 모양으로 볼록하게 담아주고, 계란말이를 두툼하게 썰어서 약간 오목한 흑유 접시에 나물을 담듯이 아무렇지도 않게 올려놓고, 견과류와 된장, 그리고 약간의 고추장을 더해 대강 만든 쌈장은 청연 큰 종지에 푸짐하게 담아 간단히 점심을 차렸다. 너무 반찬이 없어서 내심 미안해하며 이렇게 먹어서 될까 하는 걱정을 품은 채 둘이 식탁에 앉았다. 그런데 음식이 그릇에 담기는 모습을 사뭇 진지하게 바라보던 이 달인이 극적인 표정으로 "너무 멋지다"를 연발하는 거다.

나는 덤덤하게 "그래요?"라고 했지만 속으로는 '그래, 바로 이거야'라고 생각했다. 그저 바라보았을 때에는 하나의 물건에 지나지 않지만 그릇은 음식이 담겼을 때 빛을 발한다. 그녀는 계속해서 음식이 담긴 그릇들을 보면서 "정리할 때는 몰랐는데 완전히 다르네요. 멋진 레스토랑에 와 있는 것 같아요. 너무 근사해요"라면서 젓가락 들 생각을 안 한다.

그저 밥과 계란말이, 그리고 쌈 채소일 뿐인데 황홀한 식사를 대접받는 것 같다며 연신 감탄하는 그녀를 보면서 새삼 그녀의 안목에도 놀라고 나도 다시 한 번 내 그릇을 유심히 바라보게 되었다. 이렇게 알아봐주는 그녀가 더 고마워서 마음이 뿌듯해졌다. 이렇게 작은 행복들이 모여서 삶이 경이로워지고 뜻하지 않은 낭만을 느끼기도 하며 그래서 살 만하다고 잠깐 생각했다.

식사가 끝나자 달인은 잠시 생각에 잠기더니 자기가 모든 그릇을 꺼내기 쉽고 보이기 쉽게 정리를 할 생각이니 찬장 선반을 다시 짜자고 했다. 그릇이 워낙 많아서 따로 짜넣은 장이 있는데 본인이 다시 만들어보겠다고 하는 것이었다. 마다할 이유가 없다 싶어 당장 치수를 재고 주문을 했다. 높이와 깊이를 세심하게 고려해서 찬장을 다시 짰다. 참고로 찬장을 짤 때는 높이도 중요하지만, 식탁 중앙에 큼지막하게 놓이는 센터피스 등을 수납하려면 깊이도 중요하다. 꼼꼼하게 이리 재고 저리 재고서는 기대해보시라는 의기양양한 표정으로 그녀는 돌아갔다.

일주일 후, 우리집 찬장은 작품이 되었다. 여태까지는 서로서로 자기를 써달라고 아우성을 쳐서 어느 놈을 고를지 머리가 아플 지경이었는데 새롭게 열린 장에서 어느 놈은 얌전히 기다리고 있고 어떤 애는 마치 "나 내보내줘"라고 말하는 듯 강한 기운을 내뿜기도 하고 또다른 놈은 "나 여기 있어"라고 은근히 존재를 드

자연스러운 멋

흙맛, 손맛이 나는 그릇에 툭툭 얹어놓듯
반찬과 채소를 담는다.
마음에는 자연이 스며든다.

러내기도 한다. 역시 도자기의 세계는 무궁무진하다. 흰색 자기 그릇에서는 도저히 느낄 수 없는 오묘한 세계다.

누구나 자기가 좋아하는 것에는 투자를 한다.

몇 달씩 돈을 모아서 명품 가방을 사기도 하고, 보석을, 혹은 값진 가구를 들여놓기도 한다. 일종의 과시용이기도 하고 자기만족이기도 할 것이다. 간혹 어떤 집에 초대되어 가서 근사한 인테리어와 집주인의 화려한 외모에 감탄하다가도, 차려 내오는 찻잔이나 식기를 보면 확 깰 때가 있다. 그녀의 모든 안목이 판가름나는 순간이다. 또는 그 반대의 경우도 있다. 아주 소박하고 검소하게 살림을 하는 집에서 좋은 그릇을 아껴서 사용하는 모습을 볼 때면 그 집안의 모든 것이 하나하나 소중하게 느껴지기도 한다. 손으로 만든 그릇이 당연히 기계로 생산된 것보다는 비싸지만 좋아하는 마음만 있으면 시간을 들여서 한두 개씩 구입할 수 있다. 그렇게 구입하다보면 어느 날엔가 찬장 가득히 과시용이 아닌, 나와 나의 가족 모두에게 아름다움과 여유를 줄 수 있는 나만의 그릇 컬렉션이 펼쳐져 행복한 식사 시간을 즐기게 될 것이며 언젠가는 진정으로 따뜻한 문화가 자리잡을 것이다.

명품의 의미

요즈음 들어 우리가 하루에도 몇 번씩 입에 담는 명품이란 과연 어떤 것일까?

명품과 짝퉁의 차이는 또 무엇일까?

쉽게 말하면 이런 거란다. 비가 올 때 품에 꼭 안는 가방은 명품, 머리에 얹어 비 가리개로 쓰면 짝퉁. 우스갯소리지만 일리가 있다. 가격부터가 다르니 취급하는 태도가 다름은 당연한 것. 나를 빛나게 해주고 오래 사용해야 하니 아껴야 하고 귀하게 모셔야 한다.

그런데 가끔 이런 생각이 든다. 명품을 사랑하는 수많은 사람들의 마음속에 그것의 가치가 얼마나 정확하게 전달되고 있는가 하는 거다. 굳이 알아야 하는가라고 되묻는다면, 사실 꼭 그런 건 아니지만 알고 쓴다면 더욱 스스로 만족하지 않을까 하고 생각하는 것이다. 그 물건이 만들어지기까지의 역사적 배경이나 만든 이의 정신을 알고 사용한다면 그것을 선택한 자신의 안목에 더욱 자부심을 느끼지 않을까. 그러면 단지 과시욕을 채우는 것 이상의 기쁨을 얻을 것이다.

명품은 "사물 자체가 스스로에게 부여하는 가치"가 있기에 "실질적인 사용가치를 웃도는 아우라aura를 지니는 물건"이다. 유행을 넘어서 세월이 흘러도 변치 않는 일관된 가치, 그리고 대물림할 수 있는 질과 품격이 담보되는 것이 진정한 명품이다.

물건을 고를 때 실용의 목적만을 생각한다면 그저 철저하게 합리적인 관점으로 따지면 되나, 명품은 철학이 있고 그것을 이해하는 사람이 있을 때 그 진가를 발휘한다. 만든 이의 영혼과 그 제품을 선택한 소비자가 만났을 때 비로소 가치는 발휘되며, 그런 상호작용의 바탕에는 브랜드에 대한 신뢰가 자리잡아야 하는 것이다.

아주 사적인 이야기지만 나는 샤넬이라는 인물을 좋아한다. 샤넬의 스타일을 좋아하는 것이 아니라 그 사람의 철학과 인생, 특히 직업인으로서의 그녀를 좋아한다. 공공연히 도예계의 샤넬이 되고 싶다고 말하기도 한다. 우디 앨런의 영화 〈미드나잇 인 파리〉를 보면 소설가인 주인공이 그토록 꿈꾸는 유토피아, 지루한 현실을 떠나 돌아가고 싶어하는 환상의 시대가 바로 샤넬이 자기 브랜드를 만들어 활동했던 1920년대다. 샤넬은 그 당시 여성의 필수품이던 코르셋은 근육을 단련해 멋진 몸매를 만듦으로써 그 역할을 대신할 수 있다고 믿었고, 여성의 신체적 자유를 고려해서 편하게 움직일 수 있는 옷을 만들기에 이른다. 그리고 그러한 그녀의 패션 철학은 여성의 새로운 생활 방식에 커다란 영향을 미친다. 여성들은 이제 누구에게도 종속되지 않는 자립적인 생활을 원했고, 샤넬은 끊임없이 일어나는 변화를 뒤쫓아가기 전에 먼저 이를 제시했다.

한편, 샤넬은 끊임없이 자신을 갈고닦아 당시의 문화를 이해하려고 노력했으며 달리, 피카소, 스트라빈스키, 장 콕토 등과 교우하며 제작자인 디아길레프를 통해 많은 예술가들을 후원하기도 했다. 그녀는 직업인이 된 후로 죽는 날까지 일을 자신의 유일한 신으로 삼았으며 일요일을 끔찍이 싫어했다고도 한다. 그녀의 철학은 백 년이 지난 지금까지도 여전히 샤넬이라는 브랜드를 통해 유지되고 있다.

그렇다면 명품 그릇이란 무엇일까?

덴마크 왕실의 자존심을 지키며 하나하나 손으로 그림을 그려 넣는 로얄코펜하겐, 독일의 역사와 함께해온 빌레로이앤보흐 등은 모두 명품이라고 할 수 있다. 모두 지금까지 끊어짐 없이 지속되어오고 있으며 전 세계로 판매되고 있다. 그러나 그 그릇들이 과연 우리 식탁에서 우리의 음식과 얼마나 조화를 이룰 수 있을까? 이것은 오늘날 개량한복을 입어야 한다는 식의 주장과는 전혀 다른 의미다. 차가운 서양 음식에 맞는 빛깔과 디자인이 뜨거운 국물과 알록달록한 색의 우리 음식과 어울리는가 하는 거다.

그렇다면 우리의 명품 그릇은 무엇일까?

얼마 전 지나가는 시민 300명을 대상으로 한 설문조사 결과를 우연히 보게 되었는데 이렇다 할 결과가 없었다고 한다. 우선 "그릇에 무슨 명품이 있지?"라는 의문이 많았고, 가장 많이 알려져 있고 판매량이 높은 브랜드를 알고 있다고 대답한 정도다.

내가 자주 듣는 질문 중 하나가 이런 거다. "이 그릇과 저 그릇이 똑같아 보이는데 뭐가 다른 건가요?" 이런 대답은 어떨까. "아껴서 소중하게 쓰면 좋은 그릇입니다. 함부로 다루고 '깨져도 할 수 없지'라고 생각한다면 조금 다른 그릇입니다"라고.

가격의 문제가 아니고 쓰는 순간마다 누군가를 떠올리며 그 사람의 손길을 느끼고 그것이 나를 따뜻하게 해준다면 그 그릇은 명품이다. 그 안에 어떠한 정신이 느껴진다면 말이다. 그 정신이 깨지기 쉬운 그릇을 깨지지 않게 한다. 그리고 그렇게 그릇을 조심하면서 정성스럽게 다루는 태도는 식탁 예절로 이어지고 물건의 소중함을 자연스레 알려준다. 이런 삶의 태도를 심어주는 것이야말로 진정한 의미의 가정교육이다. 이렇듯 좋은 그릇은 단지 음식을 담는 기능을 뛰어넘어 가정의 문화를 만들어주는 문화 아이콘의 기능을 한다. 밖에서 즐기는 외식보다 집에서 단 한 가지 음식이라도 성의를 다해 좋은 그릇에 담아 먹으면서 대화를 하는 시간, 지금 이 순간을 사는 우리에게 진정 필요한 시간이다. 식사가 끝나면 그릇은 바로 씻어서 말리자. 귀찮다고 개수대에 오래 버려두면 물을 먹은 그릇은 약해지고 그 수명은 오래 갈 수 없다. 그것이 도자 그릇의 운명이고 약해져 깨지는 것은 모두 사용자의 책임이다. 게으름은 소중한 것을 즐기기엔 커다란 적이다. 명품 가방을 비 가리개로 쓰지 않듯, 명품 옷을 오래 입으려면 부지런한 관리가 필요하듯, 좋은 그릇도 사용할 때 정성이 들어갈수록 오래간다.

샤넬이 여성성과 시대를 앞서가는 감각과 철학을 통해 옷이라는 세계를 뛰어넘어 진정한 문화 아이콘이 될 수 있었듯이 그릇의 세계를 통해 우리가 잊어버리고 있을지도 모르는, 그래서 더욱 지켜가야 할 품격 있는 가정 문화를 다시 아름답게 가꾸어보고자 하는 것이 지금 나에게 주어진 가장 절실한 사명이다.

CHANEL

3부

넘치지도 부족하지도 않게 사랑하다

엄마와 엄마

현모양처라는 말이 어디서 왔든, 배경이 무엇이든 상관없이 그저 단순하게 '어진 어머니인 동시에 착한 아내'라는 뜻으로만 받아들인다면 "요즘 세상에 어울리는 개념인가?"라고 반문할 수도 있다. 현모양처라는 거창한 개념이 아니어도 그냥 나는 좋은 엄마, 좋은 아내인지 자신을 한번 되돌아보고 싶어진다.

예술가, 혹은 사업가로 활동을 지속하면서 동시에 사회에서 살아가야 할 한 사람을 키우고 가정을 꾸리기가 쉽지는 않았노라고 고백하고 싶다. 엄마로서의 나와 아내로서의 나를 생각하노라면 역시 나의 어머니를 떠올리지 않을 수 없다. 어머니는 검소하셨다. 큰 사업을 하셨으니 재정적으로 여유가 없지는 않았으리라 짐작이 가지만 회사를 통한 재산 증식 이외의 방법은 전혀 택하지 않으셨고 절약 정신이 몸에 배어 있으셔서 늘 "작은 것은 아끼고 쓸 때에는 통 크게 써야 한다"고 말씀하셨다.

당신의 차도 있고 기사도 두셨으나 사정이 여의치 않을 때는 늘 대중교통을 이용하셨다. 나로서는 어머니의 그런 성정이 가끔은 답답하기도 하고 걱정스러울 때도 있었다. 그런데 세월이 흐르고 뒤돌아보니 어느 부분은 나도 비슷하다는 것을 발견했다. 작은 것에 연연하며 집착할 때가 많다. 예를 들어 사무실을 돌아보다가 컴퓨터마다 붙어 있는 포스트잇을 보고 화가 날 때가 있다. 커다란 포스트잇에 공백이 남아 있는 것을 못 참아한다. 내 경우로 말할 것 같으면 연필로 먼저 쓰고 그 위에 컬러펜으로 다시 한 번 빽빽하게 쓰고야 버린다. 빈자리에 컴퓨터가 켜져 있으면 더욱 화가 난다. 이유 없이 컬러 인쇄를 하는 것도 못 참아한다. 회의 자료를 만들 때 의미 없이 제목으로 한 장을 소비하는 것도 못 견딘다. 이면지를 쓰지 않으면 안 되고 펜이 여기저기 굴러다니는 꼴도 못 본다. 뒤돌아서서 불 끄는 것, 냉난방 사용 줄이기 등 생활 속에서 몸에 밴 습관이 우리 딸에 가서는 더욱 심해졌다.

사위의 말에 의하면 어둑어둑해질 무렵 퇴근해 집에 들어갈라치면 깜짝깜짝 놀란다고 한다. 현관문을 열고 들어가면 어둠 속에 딸아이가 물끄러미 앉아 있어서 무슨 일인가 하고 물어보면 불을 켜지 않아도 보인다면서 빙그레 웃는다고 한다.

딸아이는 우리집에 가끔 아이를 데리고 오는데 가고 나면 "아, 왔다 갔구나" 하고 바로 안다. 화장지를 8등분해서 사용한 흔적이 있어서다. 절대 화장지 한 장을 통째로 쓰는 일이 없다. 이럴 때 내가 그래도 좋은 엄마 역할을 해냈구나, 하고 느낀다. 좀 이상한 이야기처럼 들릴 수도 있긴 하지만 사회 구성원으로 잘 키웠다고 느낀다는 말이다. 무엇인가 받아들여서 스스로의 일부로 만들게 하는 일이 엄마로서 아이에게 해줄 수 있는 일이 아닌가 싶다.

어머니는 돌아가실 때까지 아버지에게 좋은 아내로서의 책임을 다하려 애쓰셨다. 몸이 피곤해도 아버지가 원하시면 직접 식사 준비를 하셨고 옷매무새에 까다로운 아버지를 위해 양복이며 한복 손질도 직접 하셨고 남들 앞에서는 단 한 번도 아버지의 흉을 보거나 아버지를 비난하신 적이 없었다. 어머니라고 왜 불만이 없으셨겠는가. 하지만 어머니는 사업가 이전에 충실한 내조자로서 착한 아내였음을 나는 평생 느끼며 살았다.

그러나 딸인 나에게 어머니는 역시 사업가로서의 이미지가 강했다. 다정하고 포근한 어머니라기보다는 온갖 어려움 속에서도 비현실적이리만치 솟아오르는 힘을 가진 막강한 여성, 그것이 지금까지도 남아 있는 내 어머니의 모습이다. 아무리 괴로워도 누구에게나 친절하고 웃는 모습을 아끼지 않았던 분, 많은 것을 베풀고 또 베풀어 늘 주위에 사람들이 가득했던 분. 그런 엄마를 두었던 탓에 나는 늘 엄마의 정이 그리웠던 듯싶다.

아무튼 강한 엄마 밑에서 약하게만 살 줄 알았던 나 자신이 어느 날 내 딸에게 "엄만 강하니까"라는 이야기를 들었을 때의 기분은 실로 엄청나게 묘할 수밖에 없었다. 왜냐하면 나에게 '강한 엄마'가 불러일으키는 기억은 순간순간 아프기도 한 것이기 때문이다. 머릿속이 복잡해지면서 '이 아이도 내가 느꼈을 외로움을 간직하고 있는 것은 아닐까? 혹은 나를 원망하지는 않을까? 아니면

만에 하나 혹시 그 강한 성정을 동경하는 것은 아닐까?' 하는 복잡 미묘한 감정에 휩싸였다.

그러나 하나 분명한 것은 내가 느낀 외로움을 아이에게는 주지 않으려고 무진 애를 썼다는 것이다. 그러다보니 약간의 과보호 현상이 일어났고 그래서 육아 방식이 남편과 차이가 나는 바람에 일관된 교육을 해주지 못했다는 반성이 늘 떠나지를 않는다.

아이를 키울 때는 무엇보다도 부부의 교육관이 같아야 한다. 부부가 충분히 대화를 나눠서 같은 길로 아이를 데려가야 하는데 아이가 다 커버린 다음에 그 사실을 알아버린 것이 못내 아쉽다. 그러나 이제 아이가 어른이 되어서 그것까지도 알게 되고 이해해주니 다행이고 감사하게 생각한다.

어떤 생각에서 나를 강하다고 표현했는지 캐물어본 적은 없으나 일단 집을 나서서 일을 할 때 아이 생각이나 집 생각 때문에 집중이 흐려지거나 했던 경험은 거의 없다. 그렇게 했으면 많은 것을 놓쳤을지도 모르겠다. 일하면서 집 생각은 거의 나지 않았지만 집에 돌아와서도 일 걱정은 태산이었다. 그만큼 일은 나에게 중요했다. 항상 다음 일, 그다음 일이 기다리고 있고 그 일을 끊임없이 해내야만 했다.

평범한 주부, 평범한 엄마는 아니었다. 닥치면 식사 준비도 곧잘 해냈지만 늘 하지는 못했고 집안을 꾸미는 것도 손을 대면 후다닥 잘하지만 난장판일 때도 많았다. 이것 또한 부모님의 영향이 아닐까 싶다. 어렸을 적 늦은 밤 이따금 잠에서 깨면 안방에서 두런두런 이야기를 나누는 소리가 들리곤 했다. 두 분은 밤이 깊도록 일 이야기를 나누셨다. 어른이 되고서는 나도 잠들기 전까지 여러 가지 사업 구상을 하거나 자다가 깨어나서도 스케치를 하거나 심지어 작업실로 달려가 한밤중에도 생각나는 것을 만들어보곤 했다.

그러한 모습이 아이에게 어떤 영향을 주었을지, 혹은 남편은 이를 어떻게 받아들였을지 잘 모르겠다. 아직도 나 자신을 위해 많은 시간을 보내고 있다. 아마 앞으로는 더 그렇게 되지 않을까 싶다. 살면 살아갈수록 창조적이지 않은 시간, 의미 없이 즐겁지 않은 시간을 보내는 일을 견딜 수 없기 때문이다. 그렇게 시간을 흘려보내고 나면 다시는 돌이킬 수 없는 시간을 낭비해버렸다는 자괴감에 빠져들고 만다. 그것은 빈곤한 삶이 될 수밖에 없을 것이다.

사랑하되 떨어져 있는 나무처럼 두 팔 벌려 뻗어나가는 모습을 서로 인정해주고 그 모습 그대로를 사랑해줄 수 있는 삶. 나의 가족 모두가 그러한 삶의 방식을 사랑해주었으면 하고 바라본다.

딸 이야기

4년 전에 결혼을 한 내 딸과는 하루에도 서너 번씩 전화 통화를 한다. 가끔 옆에서 누군가가 통화 내용을 듣고는 "누구?"라고 물어온다. 딸과의 대화라고는 생각되지 않는 모양이다. 이제 막 연애를 시작한 연인 같다고도 하고 혹은 어느 쪽이 엄마인지 딸인지 모르겠다고도 한다. 그렇게 딸을 향한 나의 사랑은 애틋하다. 아이에게 엄마로서 어울리지 않게 투정도 부리고 남편한테는 하지도 않는 애교도 부려보곤 한다. 그럴 때면 마치 사이가 바뀐 듯 잘도 받아준다.

자식 사랑이야 어느 부모가 다르겠는가마는 나와 딸의 사랑은 조금은 특별한 사랑이라고 할 수 있을 것 같다. 우리 부부가 각자의 꿈을 이루겠다고 일본으로 유학을 떠날 때 딸은 돌이 채 되지 않은 때였다. 그 아이를 부모님께 맡기고 헤어질 때는 솔직히 무슨 짓을 하는지도 알지 못했다. 당연히 내가 공부를 해야 하니 아이는 키우기 힘들고 그 몫은 우리 부모에게 있다고 생각했다. 어느 정도 시간이 흐른 뒤에야 내가 어떤 시간을 지나왔는지 비로소 이해가 되었다. 딸아이는 막상 친딸인 나보다 손녀에게 훨씬 헌신적인 사랑을 주었던 외조부모 밑에서 만 4년을 쾌활하고 바르게 자라주었다. 나에게는 지나치게 엄격하고 통제가 심했던 부모님이 손녀에게는 적당한 자유로움과 끝없는 사랑을 베푸신 것이었다.

아무튼 이 아이가 어릴 적에는 그저 명랑했다. 생후 4년여를 부모와 함께하지 않은 것이 본인 인생에 전혀 상관이 없다는 듯 즐거운 시간을 보냈다. 초등학교에 들어가고서는 집으로 놀러오는 아이들은 전부 남자 친구들이었고 안양의 작업장에서는 된장독에서 구더기를 발견하고 꺄악 소리를 지르며 귀엽다고 손바닥에 올려놓고는 굴려가며 놀기도 했다. 작업장 앞의 작은 개울에 뛰어들어가 벌레를 잡거나 친구들을 잔뜩 불러와 잠자리채를 들고 왁자지껄하게 뛰놀곤 했다.

태평스러운 것과는 거리가 먼, 나와는 전혀 닮은 데 없이 전형적인 말괄량이였던 그 아이가 중학교 1학년이 되어서는 갑자기 미국으로 유학을 가야겠다고 말을 꺼냈다. 무슨 생각이 있어서인지 아니면 자유를 꿈꾸고 그랬는지 모를 일이었으나 결국 조기유학이라는 것을 보내게 되었다. 그후 십수 년을 따로 지내게 되고 보니 딸과 보낸 시간은 고작해야 채 10년도 되지 않는다. 유학에서 돌아와 1년여 만에 짝을 만나 결혼을 했으니까 지금도 늘 그립고 같이 지내고 싶은 마음이 굴뚝같기만 하다.

나 자신이 일본 유학에서 돌아왔을 때는 앞에 놓인 현실, 그러니까 작업 때문에 늘 분주했고 거기에다가 부모님은 유학을 보낸 딸이 전업 작가로 지내기보다는 대학의 시간강사 명함이라도 가지기를 바라던 터라 그 모습을 보여드리고 싶어서 내키지 않게 대학에서 시간강사 생활도 10여 년이나 했다. 그러느라 아이와 많은 시간을 보내지 못했다. 그래도 아이는 그저 예의 바르고 착하게 잘 자라주었다고 믿었다. 하지만 가끔은 그런 믿음에 너무 기대어 아이를 오랫동안 제대로 교육시키지 못한 건 아닌가 후회할 때도 많다. 어린애다운 유쾌함과 천진난만함으로 가득했던 아이는 긴 유학 생활을 거친 뒤 가끔은 차갑게 느껴질 만큼 사뭇 진지해졌고 또 가끔은 지나치리만큼 자기중심적으로 변하기도 한다.

아이의 친구는 내 딸에 대해 이렇게 표현한다고 한다. 만약 단 둘이 있는 방에 외계인이 습격해 본인이 납치를 당해서 사라지면 "음…… 외계인이 친구를 데려갔구나"라고 말하면서 하던 일을 계속할지도 모른다고. 어찌할 수 없는 일에는 미련도 없고 포기도 빠르다.

우리집에서는 어찌어찌하여 강아지를 세 마리나 기르고 있다. 그런데 최근에 이 '어찌어찌'가 문제라고 생각하게 되었다. 층간 소음 문제는 우리도 피해갈 수 없는 현실이었고 강아지 세 마리의 아우성에 참다못한 이웃의 불만으로 하는 수 없이 강아지들을 3개월 동안 훈련소에 보내게 됐다. 강아지는 그저 귀엽게 재롱을 부려서 우리를 즐겁게 해주는 장난감이 아닌 것이다. 3개월이나 생이별을 하고 이웃과도 얼굴을 붉히게 되었으니 모두 교육을 제대로 못 시킨 나의 책임이라 맘이 여간 쓰린 게 아니었다. 자식도 마찬가지다.

그런데 딸아이의 꿈은 현모양처다. 얼마 전까지만 해도 인생의 목표는 아이를 낳는 일, 그것도 네 명이 목표였다. 그러나 인생이 어찌 마음먹은 대로 흘러가던가. 나에게 코가 꿰어서 이도의 해외사업부에 취직을 하고 말았다. 일을 가진다 해도 현모양처는 될 수 있으니 크게 달라질 것도 없을 듯싶기는 하나 본인은 그다지 원하지 않았다. 일찍부터 일에 대한 열망으로 가득차 있던 나를 생각하면 "내 딸이 맞나?" 싶기도 하다.

나는 이제 나이를 먹었고 살아온 날보다 남은 날이 더 짧을지도 모르겠다. 그런 생각을 하면 나의 아이가 나중에 어떻게 살아갈 것인가 걱정될 때가 있다. 그렇지만 당사자인 아이는, 아니 어른이 되어버린 그 아이는 자기 나름대로 새로운 생활을 발견해나갈 것이며 새로운 시대가 만들어질 것이다.

많은 것이 변했다. 밖에 나와 뛰어노는 아이들도 보이지 않는다. 고무줄놀이도 하지 않고 숨바꼭질도 안 한다. 그 많던 피아노 교습소도 사라지고 교실의 풍금도 없어졌다. 웬만하면 어느 집에나 있던 피아노는 다 어디로 갔을까? 엄마의 장 위에 놓여 있던 청자나 백자 항아리는 모두 어디로 갔을까? 물건도 변하고 풍경도 변하고 상식도 변했다.

내가 좋아하는 가곡 중에 슈베르트의 〈송어〉가 있다. 경쾌한 멜로디가 흐르다 중간에 조가 바뀌는 변화가 있어서 한층 즐겁게 감상할 수 있는데 그 가사가 또한 심오하다. 맑은 물속의 송어가

한가롭게 뛰어오르며 햇빛을 받아 반짝이고 그들 나름의 평화로운 삶을 즐긴다. 그러다 갑자기 젊은 낚시꾼이 나타나 맑은 물에서는 송어가 잡히지 않을 것을 알고 흙탕물을 일으켜 송어를 낚아버리고 지나가던 나그네가 마음 아프게 그 광경을 바라본다는 내용이다. 이 노래를 들을 때마다 이 젊은이와 송어, 그리고 나그네에 대해 생각하게 된다.

나는 나그네가 되어 내 딸을 포함한 우리 젊은이들이 행여나 이 젊은 낚시꾼이 되면 어쩌나 하고 괜한 걱정에 빠져본다.

남편의 일, 나의 일

사실 이런 고백은 처음이지만 남편과 나는 비슷한 생각에서 서로를 선택했던 듯하다. 내가 도자공예과에 다니던 때 남편은 군 복무를 마치고 복학을 했는데 2년 남은 대학 재학 기간 동안 도예과에서 배우자를 고르려고 계획했다고 한다. 사람이 사람에게 끌리는 이유는 여러 가지일 것이다. 눈빛만 봐도 서로를 이해할 수 있는 동류에 끌리는 사람도 있고, 한 번도 만난 적 없는 세상을 살아가는 전혀 다른 사람에게 끌리는 사람도 있다. 남편은 전자에 속했다. 그는 오래전부터 세상 돌아가는 것과는 상관없이 사는 예술가, 긴 말 없이도 서로를 이해할 수 있는 짝을 만나고 싶어했단다. 그런 이유로 남편은 예술계 배우자를 찾기에 가장 쉬운 곳인 같은 과에서 '탐색'을 시작했다. '후배와 동기생 중 누구를 고를까……' 사실 불꽃 튀는 사랑보다는 필요에 의해서 고심한 끝에 내가 낙점이 되었다. 나 또한 평생 도예를 하려면 나의 일을 이해해주고 무거운 흙이라도 들어줄 남자가 필요하다고 나름대로 머리를 굴린 듯하다. 이렇게 우리의 만남은 우연이 아니라 필연적으로 이루어졌다.

4학년이던 어느 날인가 달리 할 일도 없고 해서 열심히 작업에 몰두하고 있는데 그래픽을 전공하는 선배 한 분이 그때의 분위기로는 드물게 양복을 쫙 빼입고 멀찌감치서 눈에 띄게 나를 훔쳐보는 거다. 지금도 남편보다는 그 선배가 더 기억에 남아 있을 정도로 강한 눈빛을 보내왔다. 나는 내심 그 선배가 나에게 마음이 있는 줄 알고 안 보는 척하면서 새침한 태도를 보여주었다. 지금도 만나면 실없이 그때의 일로 농담을 하는 사이가 되었지만 아무튼 남편은 친구에게 나를 선보이고 그렇게 나를 선택했고 우리는 졸업을 하자마자 결혼을 하게 되었다.

그런데 결혼을 하면서 우리 둘은 내조와 외조로 서로를 돕기보다는 각자 자기의 길을 가기에 여념이 없게 되어버렸다. 내가 끊임없이 나만의 것을 찾으려 분주하게 이리저리 기웃거릴 때 남편은 빠르게 자기의 작품 세계를 만들어갔고 그 당시 모두가 선망하던 대학의 교수로 자리를 잡게 되었다.

어떻게 보면 여자이기 때문일까 남편의 아내라서일까 일본에 유학할 때부터 내가 살짝살짝 밀리는 느낌이 있었고 별다른 이유 없이 남편에게 우선권이 가곤 했던 적도 있다. 남편은 일관되게 조형 작품을 만들며 자기의 개성을 드러낼 때 나는 큐레이터 과정을 밟기도 했고 국립현대미술관에서 학예연구사로 2년 동안 일하기도 했다. 그러나 사실은 아주 짧게나마 나도 조형 예술가의 길을 가고 싶던 적도 있었다. 아주 잠깐이긴 했지만 묘한 경쟁심에 마음이 타들어갔던 적도 없지 않았다.

작품을 만드는 도중에는 절대로 남편에게 보이지도 상의하지도 않았다. 그 어떤 말도 듣고 싶지 않았다. 만약 내 작품에 대해 남편이 조금이라도 뭔가 말할라치면 양쪽 귀를 막고 머리를 흔들어대며 듣기를 거부했다. 왠지 그렇게도 듣기가 싫었다. 우스운 이야기로 유학을 할 때 내 작업실로 남편이 들어오려고 하면 작업하던 것을 부리나케 덮어버리곤 했던 기억이 있다.

그런데 그런 나와는 달리 남편은 작품을 구상할 때부터 나에게 항상 물어보곤 했다. 도중에도 몇 번씩 상의를 해오고 완성된 다음에도 같이 이야기하기를 즐겨했다. 내가 아무런 여과 없이 느끼는 그대로를 표현해도 다 받아들이고 또 본인 나름대로 해석해서 놀라울 정도의 작품을 만들어내고는 했다.

그런데 내가 조형 작업을 그만두고 그릇으로 작업 방향을 바꾸고 난 후에는 모든 것이 달라졌다. 언제든지 내 작업을 남편에게 보여주며 조언을 구했고 어려움을 느낄 땐 주저 없이 토로하면서 마음을 달래곤 했다. 마치 몸살을 자주 앓는 사람 곁에 내과 의사가 있어주는 격이었다. 이렇게 말하면 너무 삭막하게 들릴지 모르지만 어떤 의미에서는 결혼의 목적이 서로 이루어진 셈이라고나 할까.

내가 큐레이터가 된다고 했을 때도 그릇을 만들겠다고 했을 때도 남편은 그저 담담하게 받아들여주었다. 아니 받아들여주었다기보다는 내버려두었다고 하는 게 맞을지도 모르겠다. 한번 마음먹은 것은 어떻게든 해보아야 하고 경험해보고 싶은 것은 하고야

마는 나를 누구보다 잘 알기 때문이기도 할 것이다.

나보다 더 숫기가 없고 세상을 알고 싶어하지 않는 남편은 내가 어떤 취향이든 간섭하지 않는다. 귀를 몇 군데를 뚫든 머리를 붉게 하든 재킷을 뒤집어 입든 양말을 짝짝이로 신든 밤을 새워 작업을 하든 뭐라 하지 않는다. 나 또한 마찬가지다. 조금 무관심하게 들릴지 모르지만 일일이 관심을 가지기에는 서로가 가야 할 길이 너무나도 멀고 바쁘다는 것을 알고 있기 때문이 아닌가 싶다.

딸아이를 가졌을 때, 그러니까 결혼한 지 1년도 채 되지 않았을 때 거동이 힘든 나를 두고 도예 작가들과 일본으로 도예 연수 여행을 간다고 했을 때 서럽고 외로워서 처음이자 마지막으로 펑펑 울고 난 이후로는 한 번도 같이하지 않는 것에 대해 섭섭해 한 적이 없다.

출장 이외에도 1년에 두세 번은 혼자서 여행하는 나와, 제자나 후배와 여행 다니기를 좋아하는 남편은 함께 여행하는 일이 거의 없다. 내가 다녀오면 남편이 떠나고 어떤 때에는 동시에 다른 곳으로 떠날 때도 있다. 다녀오면 서로 찍은 사진을 컴퓨터에 올려놓고 같이 들여다보며 서로의 취향을 비꼬기도 한다.

이렇게 서로의 취향이나 생활 패턴을 철저하게 인정하고 받아들임에도 불구하고 내가 그릇 만들기를 시작해 회사를 만들고 직원 수를 늘리면서 한숨이 늘어가자 남편은 몇 번이나 그만둘 것을 종용했다. 보람은 있을지 모르지만 너무나 고생을 하니 규모를 줄이고 그저 하고 싶은 때에 만들고 어느 정도 모이면 전시를 통해서 하고 싶은 이야기를 하면 될 것 아니냐며 그렇게도 말렸다. 처음엔 그 이야기가 그렇게도 듣기 싫었다. 가장 이해해주어야 할 사람, 내가 왜 이 일을 하는지 누구보다 잘 아는 사람에게 듣는 말이라 참 힘들었던 것이 사실이다. 그러나 그는 언제부터인가 더이상 그 말을 하지 않게 되었고 나도 이제는 고생을 덜 하는 듯싶기도 하다.

그 사람은 커다란 작품을 한다. 아파트 입구에 벽을 설치하기도 하고 일본의 어느 전철역 앞에 모뉴먼트를 세우기도 하고 코엑스 안에 조형물 설치도 한다. 그런 작업들이 설치될 때마다 나는 우스갯소리로 이런 말을 한다. “똑같은 도자기를 하면서 누구는 작품 하나 크게 하면 2년은 먹고사는데 나는 몇천 개를 만들어야 하니 이렇게 불공평할 수가 있느냐”고. 그러면 남편은 그런다. “지가 좋아서 하면서, 뭘……”

우리가 이렇게 덤덤하게 지내긴 하지만 우리집에는 이런저런 친구들이 자주 놀러온다. 늘 술이 있고 냉장고에 있는 재료로 대강 후다닥 만들어서 내어도 그것을 담아내는 멋진 그릇들이 있기에 술상은 항상 근사하다. 술손님들은 예외 없이 주로 예술계 사람들이다. 우리는 바깥세상에 관심이 없다. 그 자리에는 주식 이야기도 집 평수를 늘리는 방법에 대한 이야기도 아이들 교육 이야기도 없다. 정치나 사회 문제도 없다. 그저 한 사람의 작가로서 어떻게 하면 좋은 작품을 만들까, 어떻게 하면 학생들을 잘 가르칠까, 앞으로 도예계는 누가 책임져야 하나 등등의 이야기를 나누면서 내가, 혹은 남편이 만들어내는 안주에 즐거워하고 그릇에 취하기도 하면서 동료로서의 끈끈한 우정을 확인하곤 하는 것이다.

부모님의 일

"성격이 자상한 만큼 말이 많았으면 그것도 힘들었을 테고 말이 없는 만큼 성격이 무뚝뚝했으면 그것 또한 견디기 힘들었을 것"이라고 엄마는 아버지를 표현하시곤 했다. 그렇게 아버지는 자상하면서 말이 없으신 분이다. 두 분은 완전히 다른 성격으로, 날카롭고 직설적이며 자기중심적이던 어머니를 대부분 아버지가 받아주시면서 충돌을 피해가곤 하셨던 것 같다.

1950년대에 이미, 결혼하기 전부터 은행원이셨던 어머니는 법관이 꿈이던 아버지를 위해 충실히 내조를 하셨다. 10년 가까이 절에서 고시 공부를 하던 아버지를 보러 한 달에 한 번씩 나를 업고 그 절을 오르셨다고 한다. 아버지는 가끔씩 산에서 내려오시면 직장에서 돌아오는 어머니를 위해 밥을 짓곤 하셨는데 어렵던 살림에 세 사람 밥 중에 어머니 밥에만 계란을 폭 파묻어 나를 못

보게 하고 어머니만 드시게 했다는 이야기를 어머니는 평생 자랑삼아 하셨다. 그만큼 두 분은 자식에게 사랑을 쏟기보다는 어쩌면 두 분의 사랑하는 모습을 나에게 더 많이 보여주셨다.

내 또래에 무남독녀 외딸이라고 하면 오냐오냐하면서 무조건적인 사랑을 받았을 거라고 생각하지만 오히려 그 반대였다. 10여 년간은 아버지의 부재로 어머니와 둘이서 지냈지만 어머니의 직장 생활로 함께할 수 있는 시간이 절대적으로 부족했다. 그랬기에 나는 늘 혼자 있거나 가끔 오시는 외할머니에게 정을 쏟아부었다. 집에 친척이나 친구들이 왔다가 갈 때면 못가게 울고 매달렸던 기억이 난다.

아버지가 법관의 꿈을 접으시고 두 분이 사업을 함께 꾸리기까지, 또 어머니가 돌아가신 10년 전까지 두 분은 정말 바쁜 시간을 보냈다. 어머니는 당찬 여성이셨다. 어떤 일에든 대차고 자신감이 넘치는데다가 어떤 자리에서든지 좌중을 휘어잡는 카리스마 또한 대단하셨다. 준비성도 철저해서 어디 여행이라도 갈라치면 그 여행지에 대한 모든 정보와 역사 등을 낱낱이 미리 숙지해서 같이 가는 사람들에게 가이드 못지않게 안내를 도맡아 하셨다. 그런 어머니 밑에서 나는 늘 조그마한 존재였고 그것은 주위 사람들도 모두 아는 사실이었다. 만약 어머니가 지금 나를 보시면 그러실 것 같다. "네가 사업을 한다고? 믿을 수가 없구나."

그렇다. 어머니는 푸근한 분이 아니셨다. 따뜻하게 자식을 감싸안고 용서해주며 기회를 주는 그런 분은 아니셨다. 잘못을 저지를 기회를 차단해버리고 당신의 기준에 모자라면 가차없이 응징하셨다. 철저하게 교육하셨기에 거짓말을 하거나 윗사람에게

버릇없이 굴었다간 호되게 매를 맞기도 했다. 그런 엄마가 늘 무서웠고 그 밑에서 주눅이 들어 있었지만 그래도 나는 엄마가 항상 그리웠다.

사랑할 수 있는 시간이 너무나도 부족했다. 하루에도 몇 번씩 엄마가 보고 싶어서 전화를 걸면 늘 다급한 목소리로 "이따 통화하자"라고 하셨다. 큰 사업을 하셨으니 언제나 바쁘셨고 또 사람들과 어울리기도 무척 좋아하셨던 탓에 여간 짬이 나질 않으셨다. 그래도 가끔은 둘이서만 여행을 갈 때가 있었는데 그럴 때는 모든 긴장을 풀고 마치 어린아이같이 나에게 의지하며 무서운 엄마에서 귀여운 엄마로 바뀔 때도 있었다.

단 한 번도 나의 응석을 받아준 적도 나 또한 어리광을 부려본 기억도 없지만 세상을 똑바로 살아간다는 것이 어떤 것인지 몸소 보여주셨던 그분이 자랑스러웠다. 그러나 그 자랑스러움 뒤에는 늘 외로움이 따라다녔다. 돌아가신 지 10년, 이제 내가 그 사업을 이어받고 또 바쁜 시간을 보내고 있자니 내가 우리 딸에게 그런 외로움을 이어주고 있는 것은 아닐까 슬그머니 걱정이 될 때도 있다.

엄마 앞에 잘 보이려고 열심히 주어진 일을 하다보니 오늘의 내가 있는 듯도 싶다. 일본에서 돌아와 10여 년간 대학에서 강사를 했는데 솔직히 말하면 바쁘게 작업을 하는 사이에 일주일에 한 번 나가는 그 수업 시간이 하나도 신나지 않았고 학생을 가르치는 일이 적성에 맞지도 않았다. 그러나 오로지 엄마가 당신 딸이 대학 강사라는 것을 좋아하고 자랑스러워하셔서 열심히 했다. 착한 딸이 되려고 노력했고 그것은 엄마가 나에게 했던 교육 방식이 먹혔다는 이야기도 된다.

나에게는 냉정한 방식으로 사랑을 주신 어머니이지만 아버지와는 참으로 정이 두터우셨다. 음악 용어로 비유하자면 나를 다룰 때는 스타카토로 연주하시다가 아버지 앞에서는 갑자기 레가토로 흐름이 바뀌는 듯한 분위기였다. 아버지는 평균 사흘에 한마디 정도 하실 만큼 말씀이 없으신 분이다. 평생 아버지 얼굴에서 환한 웃음을 본 기억이 가물가물하다. 그러나 어머니께만은 지극정성이셔서 허약해진 어머니를 위해 몇 년간 수산시장에서 가물치를 사다가 직접 고아 거즈 수건에 짜서 며칠이고 먹여주시던 그 모습이 지금도 선명하다. 또 어디 먼 지방에 다녀오셔서는 어머니의 다리를 하염없이 주물러주시곤 하셨다. 왜 그 모습은 나에게 또하나의 외로움으로 남아 있는지.

내가 예닐곱 살 되던 때 한번은 이런 일이 있었다. 동네 아이들과 함께 놀다가 근처 야산에 정신없이 올라갔는데 아마도 군데군데 바위가 있었던 모양이다. 올라갈 때는 떼를 지어 즐겁게 올라갔는데 내려오려 하니 다른 아이들은 모두 펄쩍펄쩍 잘도 뛰어내려가는데 무서움 많고 소심한 나는 그 자리에서 내려오지 못하고 꼼짝없이 울고만 있었다. 그때 엄마는 직장엘 나가셨고, 집에는 절에서 고시 공부를 하던 아버지가 잠시 내려와 계시다가 그만 가스중독으로 누워 계시던 때였다.

어린 마음에 엄마도 없고 아버지는 편찮으시니 나는 이 산에서 이대로 죽을 것만 같은 공포심이 들었던 것이다. 절망감에 하염없이 울고만 있는데 멀리서 다리를 절룩거리며 올라오시는 아버지가 보이는 게 아닌가. 반가움보다는 안타까움으로, 아버지의 절룩거리던 모습이 50년이 지난 지금까지도 이상하게 아프게 남아 있다.

또 그림 그리기를 좋아하던 나에게 누런 종이를 묶어서 두꺼운 겉표지를 만들어 삼각형으로 자른 색종이를 요리조리 붙여서 연습장을 만들어주시던 그 모습은 아버지에 대한 따뜻한 기억으로 평생 남아 있다. 얼마나 말수가 적으셨던지 어머니의 말씀으로는 어느 날 아버지께서 "여보. 나 이제 말 좀 하기로 했어"라고 하실 정도였다. 그랬던 아버지라 나와도 거의 대화라고는 없으셔서 심중을 알 길이 없었지만 어릴 때의 그 기억이 언제까지고 남아 문득문득 마음에 되살아났으며 인생이 고달프다고 느껴질 때에는 가끔 그 추억의 순간이 떠오르곤 한다.

아마 그 연세의 많은 아버지가 그렇듯 자식을 사랑하는 방법을 모르거나 더러는 쑥스러웠기에 나의 아버지도 그토록 과묵하셨던가보다. 그래서 두 분의 모습을 떠올리는 일은 약간의 아픔을 동반한다. 내가 자라 스스로 독립적인 어른이 되어가는 과정에서 부모님은 나에게 의지의 대상은 아니었다. 이제 와 내 인생을 돌아보면 나를 관통하는 정서는 외로움, 그러나 그 외로움이 오늘의 나를 있게 하는 힘의 원천인 듯하다.

작가의 길도 혼자 가야만 하는, 누구도 도와줄 수 없는 외로운 길이다.

또 한 회사를 책임지는 길 또한 마지막 결정은 혼자 내릴 수밖에 없는 외로운 길이다.

그러나 자랄 때의 외로움이 나에게 트라우마로 남거나 나를 힘들게 하여 약하게 만들지는 않았다. 그것을 극복한 지금, 나는 종종 오히려 외로움을 즐긴다.

가족을 만들어 그 안에서 제 몫을 하는 딸,

혼자서 어딘가 오지를 즐겁게 여행하는 남편,

아내를 떠나보내고 혼자 건강하게 삶을 즐기시는 아버지.

그들을 따뜻한 눈으로 바라보며 나는 내 인생의 재미를 함께 즐기고 있다.

4부

그릇에 살다

유년의 외로움

어릴 때부터 혼자 있는 시간이 많아서였는지 그만큼 한글을 일찍 깨쳤다. 그런 내가 제일 먼저 푹 빠진 것은 만화였다. 아침에 눈을 뜨자마자 작은 동네 만화 가게로 달려가면 아직 문을 열기 전이었다. 문 옆에 쪼그리고 앉아 주인 아주머니가 나올 때까지 기다렸다. 그렇게 매일같이 동네 만화 가게의 첫번째 손님이 되었다. 아주머니의 출근을 손꼽아 기다리던 그 시간, 지금도 그 모습이 어렴풋이 떠오른다.

내가 탐독했던 만화 장르는 주로 순정만화였다. 주인공의 슬픈 운명에 빠져 눈물을 줄줄 흘리면서 읽다가 몇 시간을 보내고 집에 돌아왔다. 그러고는 혼자 거울을 보면서 재연을 해보곤 했다. 주인공이 되어 장면에 따라 울기도 하고 웃기도 하면서 재미난 시간을 보냈다. 다음 단계는 이제 그 장면을 그리는 것이다. 눈물이 그렁그렁 맺힌 주인공의 모습을 생생히 그리고 대사도 써놓고…… 난 정말 혼자 잘 노는 아이였다.

그러나 어린아이가 늘 혼자 노는 것은 때때로 외로웠으리라. 그래서 친구들을 집에 불러서 나의 연극에 동참시켰다. 엄마가 직장에서 돌아오기 전에는 절대로 가지 못하게 붙들었던 기억도 난다. 우리집은 매일같이 소극장이 되었다. 내 방은 분장실이자 연습실이었고, 거실은 무대이자 객석이었다.

친구들이 집으로 돌아가면 엄마 마중을 나간다. 엄마는 길 건너편 버스에서 내린다. 버스가 서면 내리는 사람들의 발이 보인다. 운동화를 신은 사람, 남자 구두, 고무신에 한복 차림…… 그 중에 스타킹을 신은 뾰족구두가 내려서면 엄마가 틀림없다. 외할머니에게 맡겨지거나 혼자 있는 딸을 위해 부랴부랴 퇴근을 서두르셨으리라. 겨울이면 어둑해질 때까지 기다리곤 했는데, 그래서인지 지금도 해가 질 무렵에는 괜히 서글퍼지기도 한다.

엄한 부모님이 주신 사랑의 방식이 나에게는 간혹 두려움과 복잡한 감정으로 다가오기도 했다. 그것들은 조금은 쓰라린 기억으로 지금까지 남아 있다.

아주 어릴 적이었다. 옆집 친구가 한겨울 두꺼운 타이츠에 치마를 입은 모습이 하도 부러워 엄마에게 치마를 입게 해달라고 졸랐다. 그 결과는 참담했다. 나는 얇디얇은 나일론 치마를 입고 맨다리에 슬리퍼를 신은 채 밖으로 쫓겨나고 말았다. 그다지 넉넉지 못했던 형편에 두꺼운 타이츠를 구해주기는 쉽지 않으셨을 것이다. 그 이후부터 절대로 무언가를 졸라본 적이 없다. 엄마의 확실한 교육법으로 단번에 효과를 본 경우라고 할 수 있다.

엄마는 대단한 사업가에 빼어난 미모의 소유자셨다. 늘 영리하고 당당한 분이셨다. 어떤 상황에서도 본인이 중심이어야 했던 어머니 아래에서 얌전하고 순종적인 딸로 자란 나는 스스로 늘 조금은 자신 없어하기도 했다.

엄마는 나를 유능한 법관이나 교수, 혹은 의사로 키우고 싶어 했다. 그러나 혼자 그림을 그리고, 거울을 보며 노래하거나 예쁘게 우는 연습을 하던 내게 그런 성향은 없었다. 그래서인지 단 한 번도 부모님의 뜻을 거스르지 않는 착한 딸이었음에도 불구하고 늘 부족한 딸이었다.

학교생활은 즐겁지 않았다. 그렇지만 내 일이라고 생각하는 것들에는 지나치게 성실했다. 학교에서 돌아오자마자 다음날 가져갈 숙제나 준비물 등을 완벽하게 챙겨놓지 않으면 절대 다른 것을 할 수가 없었다. 종종 시험을 충분히 준비하지 못해 망쳐버리거나 등굣길에 학교에 들어가지 못하는 꿈으로 식은땀을 흘리곤 했다. 이때의 습관이 지금까지도 그대로 남아 있다. 매 순간, 오늘, 다음날, 다음주, 그리고 아주 먼 이후까지의 스케줄을 수차례 체크하고 미리 준비하는 것이 내게는 자연스러운 일상이다. 퇴근 후 집으로 돌아와서도 다음날 일정이 분명하지 않거나 입고 나갈 옷과 구두까지 챙겨두지 않으면 잠자리에 들 수가 없다. 특별히 똑똑하지도 않고, 뛰어나지도 않은 평범한 내가 나름대로 예술가의 꿈을 펼치며 사는 오늘에 이른 것도 그런 습관으로 성실하게 살아왔기 때문이라고 생각한다.

이와 반대로 나에게 흥미롭지 않은 것에 대해서는 굉장히 지루해했고 여전히 그렇다. 어릴 적 학교생활은 조금 지루했다. 그래서 꾀병으로 결석도 하고 조퇴도 곧잘 했다. 늘 혼자 있던 나였지만, 학교에 있어야 할 시간에 혼자 집에 있다는 사실에 얼마나 자유로운 기분을 느꼈는지 모른다. 그럴 때마다 역시 갖은 공상에 빠져들며 연극을 하고 그림을 그리고 피아노를 치거나 음악을 들었다. 어릴 적부터 이미 나는 예술가에 대한 꿈을 키워나가고 있었다. 아니, 꿈을 꾸었다기보다 그냥 그렇게 태어난 것 같다.

내 인생에서 가장 기뻤던 날 중 하나는 미술대학 합격자 발표날이었다. 하지만 만약 지금의 내가 당시로 돌아간다면 훨씬 용기를 내어 학교가 아닌 더욱 자유로운 길을 택하겠다. 결과를 예측할 수 없는 모험에 도전하거나 새로운 경험에 나를 던져보는 식으로 말이다. 그저 좋아하던 미술을 앞으로도 꾸준히 할 수 있다는 것만으로도 내 모든 미래가 해결될 줄 알았던 그 편안한 시간들이, 홀로서기를 위한 디딤돌이 되어줄 수 없음은 매우 오랜 시간이 흐른 뒤에야 알게 되었다.

엄격한 부모님 밑에 자라 혼자 노는 것을 좋아하며 낯을 많이 가리는 조용한 여학생이던 내게 당시 대학생들을 주축으로 이뤄지던 저항활동에 동참한다거나 특별한 활동을 한다는 것은 매우 먼 이야기였다. 지금도 그 당시 내 친구들보다 많은 것을 경험하지 못했다는 사실을 떠올리면 조금 풀이 죽곤 한다. 예컨대 육체적인 봉사활동이나 무작정 떠나는 여행, 소설을 써보거나 밴드활동을 하는 것, 혹은 아주 진한 연애 같은 것들 말이다.

유년기 아버지의 부재는 내 안에서 대책 없는 수줍음이 되어 나타난 것 같다. 주위에 남자라고는 아버지밖에 보지 못하고 자란 내가 처음 대학에 들어갔을 때, 남학생들과 보내는 시간은 경이룹기까지 했다. 믿거나 말거나 수업만 듣는데도 수줍어서 얼굴을 어디다 두어야 할지 몰라 했다. 여러 명과 함께라면 몰라도 단둘이 있는 경우는 상상하기 어려웠고, 부끄러움에 수업 외에 다른 것은 꿈도 꾸지 못했다. 그렇게 내 대학생활은 조용하고 지루했다. 연애나 남자를 뺀 대학생활은 시들할 수밖에 없는 게 당연하지 않은가.

학교생활을 제대로 즐길 수 있는 방법을 나는 잘 알지 못했다. 그렇게도 하고 싶던 그림 그리는 일도 지겨워졌다. 입시 때문에 의무적으로 그리는 일에 지쳐 있던 마음이 다시 과제라는 의무에 갇혀 시들해지고 있었다.

3학년이 되어 전공을 택해야 했을 때, 참 막막했다. 내가 다닌 홍익대학교는 실험대학이라고 해서 2년간 두루두루 모든 과목을 거친 후에 전공을 선택하게 했다. 다행히도 공예과에서 선택할 만한 것은 도자공예밖에 없다는 결론을 내렸다. 이것이 내가 대학생활에서 내린 결정 중 가장 똑똑한 결정이다. 도예과에서 남편을 만나 사랑하는 딸아이까지 두게 되었으니 이 얼마나 현명한 결정인가. 그토록 수줍음 많은 내가 남편을 만난 것은 어머니에게서 물려받은 예의바름 덕분일 것이다. 선배님이 결혼하자고 하는데, 감히 어떻게 거절을 하겠는가.

그렇게 흙을 만지면서는 조금씩 과제도 즐거워지고 학교에 있는 시간도 늘어났다. 모든 것을 건 열정적인 시간은 아니었다. 그러나 흙을 만질 때면 어딘지 모르게 편안했고 나에게 맞는다는 느낌이 거부할 수 없이 강하게 들었다. 아아, 그 만남이 오늘의 나를 있게 해준 진심으로 고마운 만남이었던 것이다.

시작은 미미했다

대학에서 2년간을 이것도 조금 저것도 조금씩 해보다가 그나마 흙이 주는 매력에 빠져 도예를 전공으로 선택하게 되었다. 그때의 나는 한마디로 어린아이였다. 중학교, 고등학교와 대학을 통틀어 기억에 남는 은사님이나 교수님도 없었고 스스로 무언가를 찾아서 탐구하는 방법도 모른 채 시간만 흘려보내고 있었다.

어영부영 3학년이 지나가고 있었는데 지금은 작업을 그만둔 친구 하나가 "얘, 혼자 작업하기 힘든데 나랑 같이 열심히 해보지 않을래?"라고 권유를 해왔다. 사실 다른 친구들이 수업 후 작업실에 남아 물레를 차거나 무언가를 만질 때 그 모습을 바라보며 집으로 돌아가기가 조금 민망할 때도 있었다. 그 친구들의 실력이 느는 것을 보며 그렇지 못해 부족한 나 자신이 점점 작아진다고 느껴질 즈음이었다. 열심히 하는 무리에 들지 못한 그 친구도 나와 같은 소외감을 느낀 모양이었나보다.

그렇게 그 친구의 권유는 내게 큰 격려가 되었다. 슬슬 집에 가는 시간도 늦어지고 물레 실력도 나아지는 듯했다. 그러나 무리 속에서 떨어지기 싫어서 하는 정도였고 대단히 창의적이지도 못했다. 그저 과제를 안 밀리고 꼬박꼬박하는 정도라고 할까. 그렇게 3학년을 마치고 졸업반이 되었다.

당시 한국에는 미국과 일본의 소위 '현대도예(도조)'라는 것이 책과 잡지를 통해서 막 밀려들어오기 시작했다. 작가로 기반을 다지려면 기능을 가진 물건보다는 오브제를 만들어야 한다는 분위기가 넘쳐났다. 나 또한 이러저러한 책들을 보면서 어렴풋이 앞서가는 도예가가 되어야겠다는 느낌에 사로잡혔다. 종종 물레에 앉아 개념도 없고 나 자신도 알 수 없는, 뭔지도 모를 조형물이라는 것을 만들어보며 이 길을 가보리라는 생각을 하곤 했다. 또 그때 밀려들어온 일본 잡지들을 즐겨 보며 일본 문화에 대한 막연한 동경을 품고 일본어 공부도 재미 삼아 하게 되었다. 이 일본어 공부가 내 인생의 중요한 방향을 결정지으리라고는 전혀 생각하지 못했고, 그저 호기심만으로 학원을 열심히 들락거렸다.

4학년이 되어 우르르 대학원 시험을 보는 무리에 끼어서 나도 대학원에 들어갔다. 그해 과 선배의 청혼을 받아들여 결혼을 했다. 결혼생활과 출산 등으로 대학원 수업은 듣는 둥 마는 둥 하여 기억이 거의 나지 않는다.

그런데 이렇게 정신없는 상황 속에서도 나의 작업을 여기서 끝내면 안 되겠다는 생각이 늘 막연히 있었다. 정확히는 잘 모르겠지만 나 자신을 확실하게 드러낼 수 있는 그 무엇을 꼭 해 보여야

겠다는 결심이었다. 내가 자신하는 나의 장점 중 하나는 엄청난 끈질김, 그러니까 강한 지구력이다. 한번 시작하면 쉽게 포기하지 않는다. 일본어 공부를 끊임없이 했고, 현대 도예의 최고봉을 이루고 있는 일본으로 유학 갈 결심을 한 것도 그 때문이라고 생각한다.

일본 유학을 결심했던 대학원 졸업 당시, 남편은 이미 예술고등학교에 취직이 되어 있었고 우리에게는 갓 태어난 딸도 있었다. 그런데 유학이라니…… 사실 남편은 예술고등학교의 교사라는 직업에 커다란 자부심을 갖고 있었다. 그것을 그만두고 느닷없이 일본으로 건너간다는 것이 남편에게는 어떤 의미였을지. 분명히 나와는 사뭇 달랐을 것이다. 그런데도 나는 일본으로 가지 않으면 내 인생이 실패로 끝나버릴 것만 같았다. 무엇이 그토록 스스로를 몰아붙이게 만들었을까?

아이는 부모님께 맡기고 모든 것을 주위의 도움을 받아 우리는 일본 유학길에 올랐다. 나는 일단 한번 꽂히면 바로 실행에 옮겨야 한다. 그렇게 재미없이 슬렁슬렁 대학을 마친 내가 유학을 간다고 했을 때 아마 주위 친구들은 긴가민가했을지도 모른다. 3학년 때 나에게 작업에 대한 계기를 만들어주었던 친구는 지금도 이렇게 말한다. “네가 간 길은 내가 가려 했던 길인데……” 이렇게 운명은 엇갈리기도 하고 예기치 않게 변하기도 한다.

일본에서의 4년은 그야말로 천국에서 보낸 시간과도 같았다. 무엇보다도 오로지 흙만 만질 수 있다는 것은 축복이었다. 그때 내 나이는 스물다섯. 지금 생각해보면 현실에서는 저만치 떨어져서 오로지 ‘나’만 생각하고 행동했던 유일한 시간이었다.

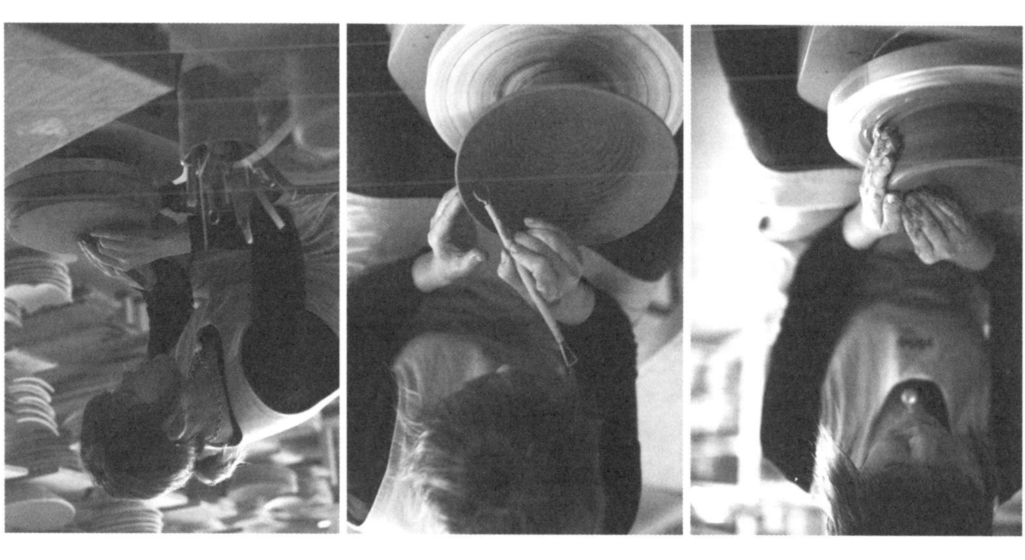

그러나 일본에서도 무엇을 받아들여야 하는지 금방 알 수 없는 건 마찬가지였다. 교토 타워에 올라가 돌을 던지면 도예가가 맞는다는 말이 있을 정도로 많은 도예가가 활동하는 교토에서, 시내의 수많은 갤러리와 미술관에는 혁신적이고 초현대적인 도자 예술이 범람하는 그 한가운데에서, 한국에서 제대로 기초도 쌓지 못하고 온 나는 그저 세상에 처음 나온 듯 원초적이고 멋진 현대 도예라는 것에 매료되어 열심히 흉내만 내는 공허한 시간을 보내고 있었다.

일본의 대학원 수업은 그 당시의 한국과는 전혀 달라서 학생이 교수를 선택했다. 그래서 인기 있는 교수의 방은 학생으로 북적대고 그렇지 못한 교수의 방은 썰렁하기도 했다. 나는 남편과 알게 모르게 경쟁 상대가 되곤 했다. 그때 그 유명하다는 일본 최고 현대도예가인 교수의 방에 남편이 들어가고 나는 데코레이션이 강점이라는 교수의 방으로 배정받았을 때는 그렇게도 착잡한 마음을 누를 길이 없었다. 지금도 가끔 누구에게 배웠냐는 질문을 받을 만큼 일본에서 어떤 교수의 가르침을 받았느냐는 것은 작가 생활을 규정짓는 중요한 항목이었던 것이다.

그러나 일본생활은 즐거웠다. 일본말을 유창하게 하는 미국인, 영국인 친구를 만났고 그들과는 지금까지도 깊은 우정을 나누고 있다. 난다 긴다 하는 유명 도예가들과 친분을 쌓았고 전시장에서는 현대도예에 대한 열띤 토론을 했다. 그때 같이 학교에 다니던 친구들이 지금은 그 학교의 교수가 되어 있기도 하고 세계적인 도예가로 명성을 얻은 친구도 있다.

그렇게 수업도 듣고 사교생활도 하다보니 마치 세상을 다 얻은 듯한 착각에 빠질 때도 있었다. 한국에 돌아가면 대단히 유명한 도예가가 될 것으로 너무나도 당연하게 생각했다. 일본에서 배운 신기술과 새로운 현대도예 개념을 한국 도예가들에게 알려주고 싶은 마음이 굴뚝같았다.

그런데 3년 정도가 지나니 늘 보면서도 보이지 않던 것들이 비로소 눈에 들어왔다. 아니, 보였지만 대수롭지 않게 여기던 것이 가슴속 깊이 들어오기 시작했다.

바로 그릇이었다.

단 한 번도 만들어보지도, 만들어보려 생각지도 않았던 그릇. 일본의 수많은 음식점과 친구들의 집, 가게에서 흔히 볼 수 있는 손으로 만든 그릇들…… 그것이 어느 날부터 내 가슴속에 들어오기 시작한 것이다. 그것은 서서히 그리고 뜨겁게 나를 에워싸고 사로잡았으며 눈앞에 아른거려 나를 고통스럽게 했다. 그래서 그릇을 만들고자 했다. 그렇게 마음먹고 보니 내게는 너무 생소한 세계였다.

어느 날 큰맘 먹고 일본에서 단 한 번도 앉지 않았던 물레 앞에 앉아보았다. 이럴 수가. 너무도 초보 수준이다. 옆에서 누가 볼까 겁이 났다. 24시간 개방되었던 교실에서 매일같이 밤이 늦도록 열심히 물레를 돌리고 그릇의 형태를 만들어봤다.

그래. 바로 이거야! 나 자신도 납득할 수 없고 다른 이에게도 설명할 수 없는 밑도 끝도 없는 조형물은 역시 내 것이 아니라는 강한 생각과 함께 용도가 확실하고 형태조차 아름다운 그릇이야말로 내가 만들어야 하는 것이었다는 거부할 수 없는 확신이 나를 들뜨게 만들었다. 유학생활이 거의 끝나갈 무렵의 일이었다.

흙을 닮은 손

흙을 만지고 흙을 다듬고 흙을 어르면서
내 손도 어느새 흙을 닮아간다.
흙은 사람의 마음을 닮았다.
넘치지도 부족하지도 않게 사랑해야 내 곁으로 온다.

스물다섯 살의 꿈

일본 교토에는 '마로니에'라는 공예 전문 화랑이 있다.

1층은 도자, 금속, 섬유 등을 재료로 한 다양한 공예가들의 소품을 판매하는 매장으로 구성되어 있고, 2층으로 올라가면 입구에 큐레이터 사무실이 있다. 사무실을 지나면 두 개의 전시장이 있었다. 지금도 그곳의 모습이 생생하게 떠오른다. 흰색과 회색을 적절하게 사용한 인테리어. 매장과 사무실은 주로 흰색으로 마감하고 깔끔한 나무와 유리 등의 마감재를 사용해 단순하면서도 상품을 돋보이게 해줬고, 2층 화랑은 짙은 회색 벽과 같은 색의 카펫으로 꾸며져 있던 곳. 지금도 물론 마로니에는 그곳에 있다. 그러나 몇 년 전 그때와 전혀 다른 모습으로 리노베이션되어 교토에 갈 때마다 한 번씩 들러도 그때의 느낌은 이미 아니다.

교토에 있던 4년 동안 거의 일주일에 한 번씩은 꼭 마로니에에 들렀다. 진행중인 전시를 보고 다른 작가들의 새로운 상품을 보며 시간을 보내는 것이 커다란 낙이자 취미였다. 큐레이터 사무실에는 늘 서너 명의 작가들이 두런두런 이야기를 나누고 있었다. 아마 그 방이 작가들의 사랑방 역할을 했던 듯싶다. 전시중인 작가는 항상 차와 다과를 준비해놓고 방문하는 손님들과 대화를 나눈다.

어느 날, 역시 1층 매장에서 새로 나온 다양한 물건에 정신이 팔려 뚫어지게 쳐다보고 만져보고 신기해하다가 2층에서 하는 전시를 보려고 사무실을 지나는데 안에서 "이윤신씨~" 하는 소리가 들렸다. 깜짝 놀라 사무실 쪽을 보니 그 당시 내 선망의 대상이었던 직함도 멋진 '큐레이터' 쓰지 씨가 나를 부르고 있었다.

아니 어떻게 내 이름을 알았을까? 멀리서만 바라보던 공예 전문 화랑의 공예 전문 큐레이터. 짙은 일자 눈썹과 콧수염. 전형적인 일본인인 쓰지 씨와의 만남은 그날 이후 오늘까지 30년 이상 이어지고 있다. 그는 나를 사무실로 불러서는 매우 흥미롭다는 듯이 바라보며 한국말로 인사를 하는가 하면, 알아듣지 못할 영어로 말을 붙이기도 했다.

그날은 내게 무척 가슴 뛰는 날이었다. 일본에서 도자를 공부하던 내게 공예 전문 화랑, 공예 전문 큐레이터, 그리고 공예 전문 숍이란 동경 그 이상의 것이었기 때문이다. 그도 그럴 것이 일본에서 공예의 위엄은 실로 엄청나다. 일본인들의 문화적 안목과 문화예술인을 바라보는 시선, 그리고 그들에게 보내는 존경 어린 태도에 입을 다물 수 없었다. 도자기를 존경하기에 이국에서 온 젊은 도예 지망생까지 존경하는 이들의 문화 속에서 그렇게 마로

니에 화랑의 쓰지 씨를 만났다.

그는 일찍부터 한국통이 되었다. 우리는 서로의 집에서 식사도 같이하고, 가족끼리 오가면서 가깝게 지냈다. 우리는 한국과 일본의 도예 현황을 이야기하거나 한국인과 일본인의 특질을 비교하기도 했다. 뒷이야기나 바보 같은 대화를 나누며 시간을 보내거나 장난도 치면서 함께 시간을 보냈다.

그는 종종 "빠리빠리～ 빨리빨리～"를 외치는 우리네 문화를 놀렸고 반대로 우리는 교토 사람들이 체면치레로 건넨다는 "차라도 한잔?" 같은 권유를 읊는 식으로 서로를 놀리기도 했다(남의 집을 방문한 교토 사람에게 현관에서 주인이 "차라도 한잔?" 하고 물을 경우, 문지방을 넘어가면 그 사람은 눈치 없고 무례한 상놈이 되어버린다는 말이 있을 정도로 그들은 폐쇄적이었다. 우리는 그 말을 빗대어 농담을 한 것이다). 나는 마로니에에 발걸음을 자주 하며, 그들의 도예 문화를 더욱 깊이 이해해갔다.

일본 대학에는 도예과가 거의 없다. 도예 교육은 대체로 개인 공방에서 도제식으로 이루어지기 때문이다. 그리고 거의 모든 도예가들은 하나같이 물레를 돌려 그릇을 만들어 팔고, 한편으로는 현대도예에 바탕을 둔 작품 세계를 펼쳐나가고 있었다. 작업실 한쪽에서는 물레를 차서 그릇을 내다 팔고, 나머지 시간은 1, 2년에 한 번씩 자신만의 작품 세계를 선보이는 전시를 준비하며 보냈다.

교수가 되려고 애쓰지도 않고 굳이 대학에 들어가려고 하지도 않는다. 지방 소도시에서도, 전국 식당 곳곳에서도 다들 도자기를 사용하고 있기에 그만큼 도자기 시장이 넓고 탄탄했다. 그들에게 도자기의 근본은 그릇이었다.

마로니에와 쓰지 씨에게 받은 영향은 매우 컸다. 그리고 이것은 오늘의 나와 이도를 만든 가장 큰 초석이 되었다.

10년 전, 마로니에는 낡은 건물을 철거하고 새로운 건물로 재탄생했다. 철거 전 옛 건물에서의 마지막 전시는 정말 인상적이었다. 작품이 벽을 뚫고 나오는 형태였다. 이를 위해 과감하게 건물 벽을 부수어 작품을 설치하고 수용하는 그들의 태도는 엄청난 충격으로 다가왔다.

그렇게 일본에서의 시간을 보내고 마지막 한 해 동안 큐레이터 과정을 이수했다. 우리나라의 교직이수 과정처럼 일본의 대학에는 큐레이터 자격증을 주는 과정이 있었다. 한국에서는 큐레이터라는 직업이나 개념이 생소했던 때였지만, 나는 쓰지 씨의 영향을 받아 남이 하지 않던 그 일에 도전하기로 했다. 공예 전문 큐레이터가 되어 한국 공예의 발전을 위해 일하거나 마로니에 화랑 같은 공예 전문 갤러리를 만들고 싶다는 꿈을 꾸게 된 것이다.

큐레이터 과정을 이수하는 동안 나는 특히 도예사를 깊이 공부했다. 당시에 내가 졸업한 대학의 도예과에는 도예사 과목이 없었다. 그렇다보니 조그마한 구멍가게 주인 아주머니의 입에서 '분청'이라는 말이 나왔을 때, 정작 분청의 나라에서 온 나조차 분청에 대해 잘 모르고 있었다. 한국 미술대학에서는 아직까지도 예술의 근본이 되는 역사적 배경이나 철학에는 큰 무게를 두지 않는 것 같다.

그렇게 일본 생활을 마무리하며 작은 개인전을 열기도 했다. 하지만 첫 개인전으로 기억되기에는 다소 어설픈 시도였다. 당시에는 주로 현대도자의 흐름에 맞춘 조형물을 전시했었다. 그러나 그것은 나 자신도 납득할 수 없으며, 남에게 설명할 수도 없는 흙덩어리에 불과했다. 내 것이 아니라는 느낌을 떨칠 수가 없었다. 그 전시회 이후 6, 7년 동안은 나만의 그릇을 찾아가는 과정으로서 스스로를 설득하고 납득시키기 위한 실험을 하는 데 시간을 보냈다.

내가 일본에서 배운 것은 문화를 대하는 태도와 예술가를 대하는 태도, 도예가들이 살아가는 방식이었지 거창한 새로운 기술이 아니었다. 문화를 향유하며 담백하게 살아가는 그들 삶의 방식이 내가 배운 것이자 유학 생활이 준 선물이었다.

도예가가 되었다

한여름이다.

이른 아침에 작업실에 들어섰는데도 이미 햇볕이 뜨겁게 내리쬐고, 바람 한 점 없다. 그래도 관악산 끝자락이라 뒤쪽으로는 산이 있고 차가 많이 다니지 않아 시내보다는 보통 1, 2도 정도 낮은 편인데 한더위에는 그렇지도 않다.

반지하로 계단을 서너 개 내려가면 훅 하는 뜨거운 공기는 사라지고 약간 축축하고 서늘한 기운이 느껴진다. 이곳이 하루 종일 시간을 보내는 나의 공간이다. 조그마한 전기 가마 하나와 작업대, 건조대, 그리고 물레 하나. 딱 이만큼이 내 살림이다. 1989년 이렇게 나의 공방이 시작되었다.

오늘은 어제 만들어놓은 머그컵 50여 개에 손잡이를 붙여야 한다. 흙은 너무 관심을 가져도 또 지나치게 방심을 해도 안 된다.

꼭 사람과 사람 사이 같기도, 혹은 애인 사이 같기도 하다.

처음 흙을 만질 때, 그 물성에 푹 빠져서 자꾸 만지고 주무르고 손을 대는데 도가 지나치면 군더더기가 많아지고 깔끔하지가 못해 완성도가 떨어지게 된다. 적당한 자제가 필요하여 어느 순간 손을 탁 떼는 것이 프로답다. 또 성형이나 건조 과정에서는 끝까지 돌보아주어야 실패가 없다. 이때 방치했다가는 얄미운 애인같이 도망가버리기 일쑤다. 갈라지거나 깨지거나 하여 완성에 다가갈 수 없다.

아무튼 어제 만든 머그컵에 손잡이를 붙이기 위해서는 적당한 건조 상태를 유지해주어야 하고 손잡이도 하나씩 말려가며 서로를 같은 상태로 만들어주어야 딱 붙어서 건조 도중에 떨어지거나 가마 안에서 벌어지는 일이 없다. 먼저 흙을 납작하게 밀어준 다음, 손가락이 들어갈 정도의 길이로 컵에 어울리는 형태가 되게끔 잘라준다. 그리고 흙을 개어서 풀처럼 이용해 컵에 붙인다. 선풍기는 열심히 돌아가고 있는데 거의 바람개비 수준이다. 의자에 몸을 바싹 붙이고 앉아 꼿꼿이 세운 등허리에서 한 줄기 땀이 주르륵 흐른다. 그런 때의 충만감은 믿을 수 없다. 도대체 어디에서 오는 걸까…… 표현하기 힘들지만 나는 알고 있다.

오후가 되면 처박은 머리에 현기증이 날 때도 있다. 성격상 한번 시작하면 끝을 봐야 하므로 도중에 끝내거나 속도를 줄이는 법은 전혀 없다. 자주 있는 출장이나 여행에서 돌아와 밤늦게 도착하면 시차나 빡빡한 일정 때문에 눈이 튀어나올 정도로 피곤하지만 그날 밤 모든 짐 정리를 끝내야 직성이 풀린다. 세탁소에 보낼 옷 따로, 옷걸이에 걸어놓을 것 따로, 빨래 따로. 선물은 가방

에 넣고 소지품은 원래 있던 자리에. 이렇게 여행 가방을 비우고 알코올을 묻힌 수건으로 가방을 깨끗이 닦고 나서야 속이 풀린다. 자랑은 아닌 듯싶은데 성격이 그러니 본질을 바꿀 수는 없다.

더위에 같은 일을 계속 반복해서 오는 어지럼증에도 불구하고 쉴 수가 없었던 또하나의 이유는, 그해 1995년 12월에는 내 그릇 인생의 첫 문을 열 개인전이 계획되어 있었기 때문이다. 그것도 회화나 조각 등 순수회화만 다루는 박여숙갤러리에 도자 그릇으로는 처음으로 초대를 받은 것이다. 20여 년이 흐른 지금도 마찬가지지만 공예 작가, 그것도 그릇 작가를 초대해주는 화랑은 거의 없다. 우선 그림 한 점을 파는 노력의 열 배를 들여야 겨우 맞먹는 수입이 나온다. 그렇게 노력한다고 화랑의 위상이 올라가는 것도 아니다. 그까짓 그릇 작가는 미술 시장에서 대우도 못 받는다. 이 전시를 준비하기 위해 1년째, 아니 정확하게는 4, 5년째 거의 사투를 벌였다.

그릇을 만들기 시작했을 때 내다버린 것만 해도 두어 트럭은 되었을 것이다. 솔직히 말하면 일본에서 몇 년간 살면서 생활 속에서 다양하고 멋지고 예쁜 그릇들을 너무 많이 보아온 터라 나만의 개성을 살려서 우리 식생활에 맞는 그릇을 만들기란 요즘 말로 장난이 아니었다.

그릇은 무엇보다도 단순한 형태로 음식을 담았을 때 먹음직스럽게 보여야 한다. 그러기 위해서는 그릇 스스로가 자기주장이 강하면 안 된다.

지금의 내 그릇들은 한식과 양식 모두에 어울리게끔 디자인된다. 그 종류도 참으로 많아져서 셀 수도 없을 지경이다.

사실 처음에는 한식 위주의 그릇을 생각했다. 그래서 고춧가루처럼 색이 강한 양념을 염두에 두고 그런 음식을 받쳐줄 수 있는 유약과 흙을 선택했다. 뿐만 아니라 한식 상차림을 할 때 몇인 가족인지도 생각해서 크기를 결정해야 했고 식탁의 크기도 고려해야 했다.

그때 시도해본 작품은 아직까지도 갖고 있는데, 안 해본 것이 없다. 그릇으로 표현할 수 있는 것은 모두 다 해본 것 같다. 그림도 그려보고 상감도 해보고 흙과 흙을 섞는 기법인 연리문도 해보고 가까운 화가 선생님을 모셔다가 이미 그 당시에 지금 유행하는 협업이라는 것도 해보고 그러나 아무리 해도 내 것 같지가 않았다. 그렇게 가마 문을 열면 실망하고 꼴도 보기 싫어서 내다 버리고 또 내다 버리고 그렇게 죽어라 만들었다.

그 당시 그릇을 만들며 조금 거창하게 말하면 자기성찰의 기회를 많이 가질 수 있었다. '흙이 나를 거부하거나 나를 거절하는 존재인가?' 하는 고민과 함께. 그러나 작업의 고통은 달콤하다. 분명히 내가 해결할 것이고 좋은 결과가 나오리라는 막연한 기대감이 있었다. 애타지만 나에게 넘어오리라는 확신이 있기 때문에 그만큼 달콤하지 않나.

도자라는 것이 황당무계한 공상 세계에 있는 건 아니지만 숫자로 표시되는, 확실하게 예측 가능한 세계에 있는 것 또한 아니다. 그려내거나 나무를 자르고 돌을 쪼거나 기계로 자르면 가능할지 몰라도 도자는 다르다. '가마'라는 1250도의 불길 속에 넣어야만 한다.

젖어 있을 때의 흙은 어찌 그리도 예쁜지. 그리고 초벌했을 때의 그 살구빛은 또 어찌 그리 아름다운지. 그러나 뜨겁게 달구어져 나오는 완성품은 번번이 나를 실망시켰다.

그 예쁘던 것이…… 이건 아니야, 아니야. 머리를 쥐어뜯고 싶다. 내 손끝에서 아름답게 변신했던 촉촉하기만 하던 흙덩어리는 이제는 보기 싫은 괴물로 변해 내 눈앞에서 던져진다. 나는 상심해서 어찌해도 마음이 달래지지가 않는다. 이런 현실을 몇 백 번 겪어내고 있는 것이다.

그런데 어느 날 드디어 내 맘에 꼭 드는 지금의 청연 시리즈가 나오게 되었다. 그렇게도 좋을 수가 없었다. 며칠이나 몸살을 앓을 정도로 갖고 싶던 것을 손에 넣었을 때처럼 기쁨에 들떠 혼자 들여다보고 좋아라고 히히거리면서 정신 나간 듯이 만들어댔다. 밥그릇, 국그릇, 반찬그릇, 과일접시, 국수그릇, 커피잔, 종지……

해보고 싶은 것이 많아 욕심이 생겼다. 그런데 몇 개씩을 만들어야 될지도 잘 모르겠다. 혼자 작업을 하려니 그렇게 많은 종류를 30개씩? 아니면 50개씩? 수량을 정하는 것도 나에게는 어렵기만 했다. 물레 앞에 앉아서 차고 또 차고 몇 시간 동안 붙어 앉아 있으면서 가끔은 "아이고, 힘들어. 대충하자" 했지만 나는 절대 대충하는 스타일이 못 된다. 은근슬쩍 넘어가는 것, 눈 가리고 아웅 하는 것을 세상에서 가장 싫어한다.

섬세하나 과장되지 않은 자연스러움. 그것이 내 도자 세계의 기본이다.

그렇게 만들어대고 물건이 수북이 쌓여도 적게만 느껴졌다. 팔리지 않으면 어쩌나 하는 걱정은 하지 않았다. 도리어 수량이 모

자라서 손님들이 못 가져가면 어쩌나가 걱정이었다.

1995년 12월, 정신없이 내 그릇을 선보이는 첫 전시가 끝났다. 전시는 정말 성공적이었다. 내 그릇을 보며 감탄하는 사람들의 모습에 나는 안도했고, 또 황홀했다. 전시가 끝나니 내 그릇들은 '이윤신의 그릇'이 되었고, 나는 명실공히 그릇을 만드는 도예가가 되었다.

만 든 다

나는 만든다. 쓰임이 있는 것을 만든다.
누군가의 손에서 쓰일 것들을 만드는 것이 즐겁다.
누가 내가 만든 것을 쓰는 순간,
그 사물들은 다시 태어날 것이다.

이윤신이 되었다

첫번째 개인전이 끝난 직후.

전시를 위해 만들었던 그릇은 거의 판매가 되고 추가 주문도 받았다. 그야말로 자신감이 붙은 나는 흥분 속에 신나는 하루하루를 보냈다. 누구에게나 도약점이 있기 마련인데 나에게는 그즈음이 그런 시기였다. 이제는 주문량을 맞추려면 도저히 혼자 작업하는 것만으로는 불가능했다. 그때부터 어시스턴트와 함께 일을 시작했다.

작가마다 작품을 만들어내는 각자의 작업 방식이 있다. 나 같은 경우는 흙의 물성을 고스란히 보여줄 수 있는 방법을 택한다. 흙의 감촉, 흙의 성격, 흙의 색, 흙에 손이 닿았던 흔적. 이를 보여주자면 흙의 성질을 정확히 알아야 한다. 피부에 닿는 느낌, 시간이 지나면 변하는 흙의 특성, 온도 차이에 따른 흙의 성격……

쉽지 않은 작업이다. 그만큼 누군가와 호흡을 맞추기도 어렵다.

그동안 내 옆에는 많은 어시스턴트들이 있어주었다. 유난히 호흡이 잘 맞아 내가 만든 샘플을 한번 스윽 보고는 바로 비슷하게 만들어내는 친구가 있는가 하면, 기술은 뛰어난데 아무리 해도 그 느낌이 나지 않던 친구도 있었다. 1년이 지나도록 훈련을 해도 안 돼서 실패만 반복하다가 그만두는 친구도 있었다.

대체 무엇이 달라서였을까. 이유는 단 하나다. 보는 눈의 차이다. 미묘하게 다른 것을 다르게 보지 못하고 어디에서 어떻게 차이가 나는지 알지 못한다는 말이다. 내 작업은 각도와 곡선의 미묘한 차이에서 느낌이 크게 달라지는데 그것을 잡아내는 눈이 없는 경우 참 안타깝다. 그리고 아무리 숙달이 되어도 반드시 샘플을 앞에 놓고 작업을 해야 하는데 그러지 않고 자기 식대로 해버리는 경우도 종종 있다. 나는 그릇의 완성도를 무척이나 중시해, 스스로 '아니다' 혹은 '좋지 않다'라고 느끼면 곧바로 다시 한다. 처음 작업을 시작하던 때부터 지금까지 변함없이 이어지는 내 습관이다. 이처럼 호흡을 잘 맞추어 함께 작업할 수 있는 이들을 만나기란 정말 쉽지 않다.

주문이 굉장히 많았던 어느 날. 감각이 뛰어나 평소 좋아하던 후배에게 부탁을 해 사흘 정도 같이 일을 했다. 기대했던 것보다 호흡이 잘 맞아서 훌륭히 일을 마치고 돌아갔다. 거기까지는 좋았는데 이런, 돌아가서 내 것과 똑같은 상품을 만들어냈다. 표절 문제는 지금까지도 해결의 기준점이 미묘한 문제다. 처음에는 화가 나서 흥분하며 따지기도 했다. 결국 어찌할 방법도 없고 말릴 도리도 없어서 이제는 잊어버리자 싶다.

마음에 꼭 드는 그릇

반들반들 윤이 나면서도
흙의 느낌을 잃지 않은
그릇을 만들고 싶었다.
흙이 나를 이끌었다.

한번은 이런 일도 있었다. 지금은 없어진 한 업체에서 나의 대표작인 청연 라인을 똑같이 만들어 수십 개의 매장에 깔아놓은 일이 있었다. 정말 피가 거꾸로 솟고 분해서 잠이 안 왔다. 그쪽 담당자를 만나 대화를 나누었으나 통하지를 않아 변호사를 선임해 1년 동안 그 일에 매달렸다. 하지만 결국 아무런 결론도 내지 못하고 공식적인 사과도 받지 못한 채 상품을 팔지 않겠다는 약속만 구두로 힘겹게 받아냈다. 그렇게 마무리가 되는가 싶었는데, 결국은 모두 헐값에 세일을 해서 파는 것 아닌가.

사실 이 일보다는 이를 둘러싼 주위의 다양한 반응에 오히려 더 상처를 받았다. 표절을 하고 그렇게 만든 걸 헐값에 팔아버린 그쪽 처사에 너무 기가 막혀 한 도예 전문 잡지에 진심 어린 마음을 담아 글을 올렸다. 창작을 하는 같은 입장으로서 누구나 공감할 거라고 순진하게 믿은 내 잘못이었을까. "네 그릇들도 결국 어떤 것의 표절 아니냐"는 기가 막힌 댓글이 달린 것이다. 그리고 여기에 동조하는 또다른 댓글들…… 나는 같은 일을 하는 이들을 동료라고 생각하고 이 문제에 대한 의견을 나누기 위해 글을 올렸는데, 그때 내가 느낀 배신감은 내 주변 사람들 모두를 의심하게 만들었다. 그렇게 한없이 약해진 나 자신을 추스르는 데는 꽤 오랜 시간이 걸렸다.

그렇다, 하늘 아래 새로운 것은 없다. 그러나 모든 것이 그렇듯 역사는 비슷한 형태로 돌고 돈다. 없어지고 새로이 생겨나고 그러면서 진화한다. 지금 이 시대에 맞게 변화하는 것이다.

세상이 하나가 되었으니, 더이상 새로운 것은 없는 것인가?

그 더운 날. 혼자 좋아서 그릇을 만들어대던 내 모습이 생각난다. 무조건 일만 하게 해달라고 제 발로 찾아와 조르던 친구들도 있었다. 지금도 그들에게 뜨거운 감사함을 갖고 있다.

이제 이도는 작업실을 비롯해 사업 부문이 많아지고 규모도 커져서 가족같이 지내던 예전의 분위기는 사라졌다. 매년 내 생일이면 그만둔 어시스턴트 친구들까지 모두 모여 하던 생일 파티도 어느 해부터 하지 않게 되었다. 그들은 이렇게 말할지도 모른다. 선생님이 너무 유명해지고 바빠져서 우리를 잊어버리셨다고. 아니다. 절대 잊지 않았다. 그들은 모두 내 맘 깊은 곳에 항상 자리잡고 있다.

심지어 생일이 되면 아직도 기다린다. 혹시 "선생님~" 하고 모여들진 않을까. 요즈음은 매달 초 회의 시간에 조촐하게 케이크를 놓고 생일을 맞이하는 직원을 서로 축하해주는 걸로 대신한다. 나도 포함해서 말이다. 작업실 인원은 당시에 상상도 못했을 만큼 많아졌다.

새삼 이윤신이 되었음을 느낀다.

종종 후배들에게 도자를 배워 나아갈 수 있는 다양한 길에 대해 이런저런 이야기를 해준다. 도예의 꿈을 포기하는 이들도 있다. 기쁘지는 않지만 독려해주고는 싶다. 갈 길이 막막하게 느껴질 수도 있고 무에서 유를 만들어내는 것을 사고하는 상상력이 부족하다고 느껴지는 순간들도 있다. 이것이 그들을 포기하게 만드는 것일 터이다.

나도 죽을힘을 다해 스스로 여러 가지 실험을 시도하기도 했고 그렇게 내가 가진 능력보다 한 단계 위로 스스로를 끌어올리려고 노력하는 과정에서 강박관념 같은 것도 생겼다. 인생과 세상을

너무나도 모른 채 불쑥 일본으로 건너갔다 돌아왔다. 그리고 처음 접한 모든 것들이 마음과 몸, 정신과 체질에 아무런 거름망 없이 쑥쑥 들어와 자리를 잡았다. 크고 작은 일을 맞닥뜨릴 때마다 나 자신도 변해갔다. 그제서야 내 장래를 위한 아무런 경험적 디딤돌도 쌓아놓지 못했다는 사실을 알았다.

너무나도 어린 풋내기였다. 정작 세상이 어찌 돌아가는지도 모르고 그저 창작이라는 것을 즐거워하는 철부지, 어설픈 인간 말이다.

따뜻한 그릇

도예를 대하는 나의 태도는 어떤 때는 진지함을 넘어서 비장하기까지 하다. 특히 남들에게 내 일을 설명할 때면 그 비장함으로 가슴이 답답하거나 벅차서 마치 호소를 하는 듯하다.

몇 년 전 정부의 어떤 부서에서 디자인 계통의 전문가들을 모은 자리에 초대되어 간 적이 있다. 각 분야에서 느끼는 어려운 점이나 문제점 등을 얘기하는 자리였다. 우리 사회에서 그릇에 대한 인식이 어떤지에 관해 이야기할 수 있다고 생각하니 잠을 이룰 수 없었다.

그 공관의 점심식사에 나온 그릇은 나의 예상대로 국적을 알 수 없는 희한한 그릇이었다. 장소의 성격상 해외 손님들을 초대할 법한 곳이었는데 외국인들의 눈에 비친 우리 음식이 담긴 그 그릇은 어떤 느낌일까. 너무 흥분한 나머지 그 자리에서 나는 왜 우리 음식에 우리 그릇이 쓰이지 않는 거냐며 하소연도 제대로 못하고 버벅대고 거의 울먹이다가 주어진 시간만 흘려보냈던 기억이 쓰라리게 남아 있다. 하기야 아무리 이야기를 청산유수로 잘했어도 그다지 달라질 것은 없었을 것이다. 그래도 순진하고도 간곡하던 그때의 절실함은 지금도 남아 있어 그 순간을 떠올릴 때마다 아쉬움이 남곤 한다.

그릇을 대하는 이런 나의 마음은, 물가에 내어놓은 아이를 바라보는 어미의 마음과도 같다. 마치 세상에 태어났는데 제대로 꽃도 못 피워보고 스러지는 것은 아닌가 하는 안타까움과 절박함으로 동동거리는 마음 말이다.

우리는 그릇을 모르지 않는다. 그릇은 그릇일 뿐이다. 우리가 삼시 세끼 먹는 밥상에 올라오는 그 그릇이다. 밥을 담고 국을 담는 그 그릇인데 단지 기계로 만들지 않고 손으로 만들 뿐이다. 우리가 아침 밥상에 올라온 그릇을 보면서 "나는 이 그릇 잘 모른다"고 하지는 않는다.

그런데 "나는 그런 건 잘 몰라서"라고 한다. 예술 작품이라고 생각해서인가. 예술 작품인들 모를 것은 없다. 그냥 마음 가는 대로 느끼면 된다. 그림을 보는 일도 그냥 취향을 따를 뿐이라고 생각한다. 이론은 나중의 문제다. 물론 미술사적 의미를 알고 나면 더 잘 이해할 수는 있겠지만 내 마음에 와닿으면 좋은 것이고 내 마음에 안 들면 내 취향 아니다. 투기의 목적이 아니라면 내 맘이다. 아는 만큼 보이기도 하지만 많이 보다보면 알게도 된다. 클래식 음악도 그렇다. 아는 만큼 들리기보다는 많이 듣다보면 알게 된다.

그릇도 손으로 만져보고 들어보고 써보면 어떤 것이 좋고 어떤 것이 그렇지 않은지 알게 된다. 산업화에 밀려 사라져버린 우리의 도자기가 아직도 플라스틱 그릇에 밀려 그 자리를 찾지 못하고 있는 것이 무엇으로도 이해가 되지 않는다.

입국하는 길, 공항 벽면에 양옆으로 음식 사진이 형광등 불빛을 받으며 걸려 있는 것을 본 적이 있다. 웬 떡볶이가 분식집에서 나오는 플라스틱 그릇에 담긴 채 버젓이 손님들 눈에 뜨이도록 붙어 있다. 나는 생각한다. 저것은 누구의 발상일까? 과연 누가 저 떡볶이를 저 그릇에 담아 사진을 찍고 그곳에 붙였을까. 그릇을 만드는 사람으로서, "나는 누구인가"를 질문받았을 때 이런 생각들이 한꺼번에 머리를 스치고 지나간다. 나는 지레 자신이 없어져서 마치 한국어를 모르는 외국에서 온 사람인 양 수줍어하며 얼굴까지 발개진다.

세계 어디를 가보아라. 심지어 우리보다 훨씬 빈곤한 나라에서도 플라스틱 그릇이나 스테인리스 그릇에 음식을 담아 먹지는 않는다. 그러는 나라는 우리나라밖에 없다. 이가 나간 그릇조차도 역사를 말해준다며 자부심을 갖고 쓰는 나라도 있다.

우리는 화려한 도자 전통을 가진 나라로서 부끄럽지 않은가. 얼마나 거칠게 급하게 생활을 하면 던져도 깨지지 않는 그릇을 선호한단 말인가. 조심스럽고 정성스러운 몸가짐과 태도는 정녕 귀찮고 쓸데없고 무의미한 것인가. 교양인이 갖추어야 할 덕목은 바쁘고 여유 없는 현실 속에서 어느 순간 사라져버린 건가. 불편하다는 것은 어떤 경우에도 절대적으로 우리가 감수할 가치가 없는 것인가.

식탁을 보살피다

시간이 없다고 다들 말한다.
하지만 매일 아침 거울을 보며 단장하듯
우리의 식탁을 꾸미는 일,
그것을 사치라 불러야 할까?

미래를 위해서 무엇을 지키고 무엇을 버려야 하는지 우리는 진정 모르는가. 우리가 먹을 음식이 냉장고에 들어 있던 저장용 용기째로 식탁에 옮겨졌다가 다시 냉장고로 들어가는 것은 바빠서인가? 차리기가 귀찮아서인가? 설거지할 시간이 없어서인가? 그릇이 없어서인가? 아니다, 그릇은 분명 있을 거다. 거기에는 정성이 없는 것이다.

주부도 무심히 저장 용기를 냉장고에서 꺼냈다가 넣었다가 하면서 그릇에 옮겨 담는 수고를 덜고 아버지도 아이들도 무심히 그 풍경을 본다. 그걸 보고 자란 아이들은 아마 자기 살림을 하더라도 똑같이 할 것이다.

젊고 예쁜 어머니는 집에서 자기 자신도 예쁘게 꾸며야겠지만 식탁도 보살피고 아이 몫은 아이 그릇에 따로 준비해주고 식사 시간에 예전에 우리네 부모가 그랬듯이 밥상머리 교육도 해야 한다. "밖에서는 큰 소리를 내지 말아라" "남을 배려해야 한다" "겸손해야 한다" 등등. 그 시간이 따뜻해야 밖에서도 따뜻한 인간이 될 수 있다. 조금 불편하더라도 아이가 먹은 그릇을 개수대에 깨지지 않게 직접 조용히 가져다놓는 습관도 갖게 해주어야 하고, 아이가 조금 커서 혼자 먹을 때에도 정성스럽게 밀폐 용기에서 그릇으로 조금씩 옮겨 담아 먹게 하고, 먹은 다음에는 그릇을 잘 처리하는 방법도 가르쳐주어야 한다. 그리하여 음식의 소중함과 식사 시간의 의미가 그저 먹는 일에 그치지 않는다는 것을 알게 해주어야 한다.

도자기는 깨진다. 유리도 깨진다. 그러나 유리잔이 깨진다고 와인을 금속잔에 마시지는 않는다.

그릇 만들기

그릇을 디자인할 때에는 약간의 기교가 필수적이다. 기교라는 말에 내포된 부정적인 의미 말고, 지나치게 드러나지는 않으나 반드시 필요한 요소로서의 기교를 말하는 것이다. 기교는 조형의 기본 개념으로서 전체를 대변하는 중심이기도 하다. 조금 구체적으로 말하자면 "손으로 만들고 있다"는 특성을 강조하는 부분으로서 흙이 물과 만났을 때 손이 가는 대로 마음대로 따라와주는 그 부분을 이용하는 방법이다. 물론 그렇다고 해서 마음먹은 대로 다 되는 것은 아니다.

물레 위의 흙은 원심력을 따라 저절로 돌아가는 힘으로 형태를 만들게 되어 있는데 어느 부분 지나치게 흙의 느낌을 강조하다보면 흙이 제멋대로 휘리릭 날아가버려 찢어지거나 물레의 속도와 맞지 않아서 폭삭 주저앉아버린다. 어느 부분까지 손을 대주고

어느 부분에서 손을 떼주어야 하는지 아는 것이 나만이 포착할 수 있는 핵심이라고 할 수 있다.

만약 머릿속에 그려지는 이미지가 확실하거나 수도 없이 그려내는 스케치에서 '이거다' 싶은 형태가 나오면 거의 단 한 번에 형태를 만들어낼 수가 있다. 그러나 분명 이미지는 그려지는데 아무리 만들어도 그 모양이 안 나올 때는 몇 번이고 뭉개고 또 뭉개기를 반복한다. 애가 탄다. 머릿속의 이미지는 그토록 선명한데 만들라치면 갑자기 흐릿해지고 기분마저 가라앉아버릴 때도 있다.

가끔 '이건 아닌데…… 에이 힘들어……' 하면서도 그래도 완성을 해놓고 건조시켜서 다시 한번 보자 싶을 때도 있다. 그런 건 절대 물건이 될 수 없다는 걸 알면서도 하는 짓이다. 디자인을 할 때 기본적으로 형태를 생각하는데 그 형태가 어디에 쓸모가 있는지가 먼저다. 국을 담을 건지 김치를 담을 건지 말이다. 국에도 여러 종류가 있다. 같은 미역국이라도 아침식사로 먹는 미역국이 있는가 하면 산모용도 있고 생알이 들어가서 양이 푸짐한 미역국도 있다. 이 용도를 처음부터 정해야 정확한 디자인이 나온다. 마치 의자 디자이너가 가정용 안락의자인가, 카페용 스툴인가, 연주자용 의자인가를 먼저 생각하고 디자인하는 것과 같은 이치다.

그릇을 만드는 방법으로는 가장 보편적인 것이 물레를 이용하는 것이고 도예가들이 '판 작업'이라고 부르는 방법, 그리고 그릇 모양을 만들어서 이를 석고 틀로 만든 다음 그 틀에 흙물을 붓거나 발라서 똑같이 만들어내는, 혹은 그것을 기계로 찍어내는 방법이 있는데 무슨무슨 자기라고 불리는 것이 이렇게 만들어낸 그릇에 속한다.

부 서 지 다

단지 '운'이라고 표현할 수만은 없는 것.
머릿속에 이미지는 떠오르지만 결코 내 마음대로 나와주지 않는 그릇도 있다.
그릇 앞에서 나는 부서진다.
우리 인생도 그렇다.

이중에 물레와 판 작업이 내가 주로 하는 작업 방식이다. 판 작업은 물레에서 나오는 동그란 모양으로는 해결이 안 되는 형태를 만들 때 쓰는 방식이다. 예를 들어 사각이라든가 오발 형태, 혹은 비정형을 만들 때 흙을 얇게 밀어준 다음 일정한 모양으로 잘라주고 그다음 원하는 깊이와 폭을 정형하는 식이다.

다른 작가들은 어떻게 하는지 모르겠는데 크기와 깊이 등을 결정하기가 내게는 매우 까다롭게 느껴진다. 깊이에서 조금만 차이가 나도 의도했던 용도에서 완전히 벗어나버리기 때문이다. 그런데 참 재미있는 것은 의도와 다른 그릇이 나와도 또 그 나름대로의 용도는 있다는 점이다. 왜냐하면 내가 그렇게 수많은, 거의 몇 백여 가지의 그릇을 만들었어도 조금만 큰 것, 조금만 작은 것, 이런 식으로 다른 것을 찾는 분이 있기 때문이다. 처음 그릇을 시작할 때만 해도 사람들이 원하는 모든 종류의 그릇을 다 갖추기를 꿈꾸었는데 그렇게 보면 그것은 아무래도 불가능한 꿈인 듯싶다.

우리나라에서는 수공예라 불리는 것들의 종류가 많아서 그 귀함을 잘 모르지만 서양에서는 핸드메이드라고 하면 다들 귀를 쫑긋 세운다. 그냥 무조건 좋아하기도 한다. 그런데 손으로 만들었다고 당연히 다 좋다고 할 수는 없는 일이다. 문제는 디자인이다.

흙이 가지는 물성을 강조해서 기능적인 형태를 만들어 음식을 드러나게 보여주자는 데에 디자인의 핵심이 있는데 가끔 나의 의도가 전혀 먹히지 않을 때가 있다. 색감도 좋고 기능적으로도 좋은데 거기에 살짝 들어간 나의 핵심 디자인 요소가 싫다고 다른 것을 찾는 분들이 있다는 것이다. 진심으로 안타까운 일이다. 그 부분이 바로 나의 디자인인데. 다른 사람은 절대 흉내낼 수 없는 아름다움이 그 안에 숨어 있는데……

모든 예술가에게는 자신만의 특별함이 있고 그 특별함으로 인해 우리는 그들을 사랑한다. 피카소에게는 사물을 여러 각도에서 보고 표현하는 능력이 있고, 시적인 감흥을 일으키는 에드워드 호퍼도 있고, 쓸쓸한 낭만으로 가슴을 후벼파는 아름다움을 주는 키리코도 있다. 모차르트는, 말러는, 샤넬은, 폴 스미스는……

좋아하는 도예 작가가 별로 없는 나에게 일본 도예 작가 고이에 료지는 신기한 존재로 다가온다. 그는 세상에서 물레를 차는 일이 가장 쉬운 일이라는 듯이 물레를 이 방향으로 돌렸다가 반대 방향으로 돌렸다가를 반복하면서 기묘한 작품을 만들고 흙을 마치 장난하듯이 갖고 놀았다. 만약 고이에 료지가 내게 흙을 한 줌 쥐어준다면 내 가마에서 구워 내 것으로 만들어버리고 싶다고 바라기까지 했다. 이렇게 우리에게 사랑하는 예술가가 생기는 것이다.

형태가 완성되면 물기에 젖어 있는 그릇을 그늘에서 바싹 말려준다. 그늘이라고 표현하면 왠지 낭만적으로 들리지만 사실은 전기장판이라고 하는 게 정확하다. 촉촉하던 그릇은 퍼석퍼석하게 마른 채 초벌 가마로 들어간다. 초벌은 대개 900도 내외로 굽혀 나오는데 겉으로 보기에 다 마른 듯이 보여도 흙 안에는 어느 정도의 습기가 남아 있다.

조금이라도 급하게 가마에 들어간 놈은 용서 없이 금이 가거나 쪼개져버린다. 참 허탈한 일이다. 처음에 가마 문을 완전히 닫지 않고 살짝 열어놓은 채 불을 때는 이유도 눈에 안 보이는 물기가 빠져나가라는 의도다. 초보 때 가마 안의 습기가 어느 정도 남아 있는지를 알아보기 위해 가끔 이런 짓을 했는데 살짝 열린 가마 문 사이에 거울을 가져다 대면 거울에 뽀얗게 김이 오른다. 그것으로 문을 닫아야 할지 말아야 할지 판단하기도 했다. 지금은 시간으로 가늠을 한다.

한 대여섯 시간을 초벌을 거치고 또 그만큼을 열을 식힌 다음 나오는 물건들은 고운 사포로 싹싹 갈아준다. 흙속에 남아 있는 사토라든지 흙에서 나온 불순물을 제거하기 위해서다. 그리고 강력한 에어건으로 남아 있는 먼지를 털어내고 깨끗이 유약을 발라줄 준비를 한다. 간혹 초벌을 왜 하는지 물어보는 분이 있는데 이것은 유약을 입히기 위해서다. 유약은 여러 종류의 돌 등을 갈아서 물을 섞어 만든 액체인데 흙 위에 바로 바르면 물기를 흡수한 흙은 바로 무너져버리기 때문이다. 어느 정도의 강도로 물을 흡수하기 위한 상태를 만드는 것이 바로 초벌 과정을 거치는 이유다. 그렇게 유약이 발린 그릇은 다시 한 번 가마 속에 들어가 1250도까지 견뎌내는 시간을 거친다.

이 과정에서 흙은 아주 단단해지고 유약은 유리질로 변해서 반들반들하게 표면이 장식된다. 이렇게 그릇은 탄생한다. 여기에다 적어내지 못한 수많은 과정들이 더 있다. 그렇게 몇 번의 품을 들여 작은 종지가, 밥그릇이, 사발이 만들어진다.

내 그릇은 조형적이라고 할 수 있으나 장식은 최대한 배재한다. 두말할 필요도 없이 음식을 살게 하자는 거다. 유럽의 자기류, 흔히 명품 도자기라 불리는 그릇들은 처음 보았을 때 그 화려함에 눈에 뜨인다. 그러나 막상 집에 가져와 써보면 그릇 따로 음식 따로인 경우가 종종 있다. 유명 셰프들이 아무 무늬도 없는 흰색 자기를 선호하는 이유도 여기에 있다.

나는 그릇을 만든다. 그리고 판다. 하지만 나의 그릇이 단순히 매장에서 팔려 화폐로 환산될 뿐이라고 생각하지는 않는다. 내가 만든 그릇이 수많은 사람의 식탁에 올라가고 있다고 생각하면 20년 넘게 이 일을 계속하는 것이 얼마나 엄청난 결과를 가져다주는 일인지 일종의 무한한 책임감을 느낀다. 지금도 가마에서 쏟아져나오는 그 많은 그릇에 누군가의 하루를 살게 할 음식이 담긴다고 생각하면 겁마저 날 때가 있다. 불편함은 없을까. 무겁지는 않은가. 보관하기는 편한가.

그리고 그 그릇이 시간과 함께 달그락대며 살아남아 내가 이 세상을 떠난 후에도 누군가의 밥상에 오를 수 있다면, 그때의 사람들은 지금 내가 만든 그릇을 어떻게 평가할까?

5부

가슴 뛰는 인생

꿈의 공장

무엇인가 존재하지만 아직 세상엔 없던 것을 만들어내기 위해서 계획을 세우고 조금씩 조금씩 앞으로 전진해나간다. 그렇게 해서 여기까지 왔다. 그중에서도 내가 오래 바라고 바라던 꿈이 이뤄지는 날이 바로 오늘이다.

2014년 10월 31일 오전 열한시. 꿈의 공장, 여주 세라믹 스튜디오가 문을 열었다.

이곳에서 일하는 이도 식구들은 40여 명. 전체 우리 식구의 약 3분의 1이다. 이곳에서 이도 식구들은 그릇을 만들고, 선보이고, 내가 그릇을 통해 말을 걸고 싶었던 게 뭔지를 전시로 보여주기도 한다. 물질로서의 그릇뿐만 아니라 지난 25년간 내가 걸어온 길과 그릇에 대한 나의 신념을 그림과 조형물 등으로 보여주는 곳이기도 하다.

yido

25년 전 처음 작업을 시작했을 때만 해도 이런 날이 오리라고는 전혀 생각지 못했다. 그저 하루하루 좋은 그릇을 만들기 위해서 흙을 만지고 생각하고 좋아라 하면서 시간이 가는 것을 아까워했다.

멋모르고 작업을 처음 시작했을 때의 기억은 항상 새롭다. 그때의 내 모습이 지금도 마치 영화의 한 장면처럼 떠오르곤 한다. 아침에 일어나면 항상 마음이 급하다. 서둘러서 작업실에 들어가면 느껴지던 안도감과 끓어오르는 의욕, 흥분. 이 기분은 지금껏 변하지 않는 기분이다. 그렇게 혼자 꾸리던 작업실이 이렇게 많은 사람들과 함께할 수 있는 공간으로 탄생하기까지 거쳐온 수많은 과정이 그저 대견하다.

담당자들은 며칠 전부터 일기예보에 신경을 썼다. 한창 가을이 무르익고 전형적인 화창한 가을날이 계속되어서 따로 단풍놀이를 갈 필요조차 없이 여주로 내려가는 길 어디에서나 짙게 물든 단풍을 볼 수 있었다. 그런데 일주일 전부터 하필 그날만 비 예보가 있는 것이다. 우리는 일기예보가 늘 들어맞진 않더라며 서로 바라보고 웃으면서도 불안해했다. 날씨가 좋으면 푸른 잔디 위에서 따사로운 햇볕 아래 손님들과 담소를 나눌 수도 있고 소박하게나마 차린 음식을 함께 나누며 샴페인을 마시면서 준비된 공연을 즐길 수 있을 터였다.

이날을 위해서 고속버스터미널 꽃시장과 양재 화훼시장을 몇 번이나 들러 나무와 꽃을 사고 소품도 준비해서 이곳저곳을 뛰어다니며 구석구석 꾸몄다. 워낙 나무 키우기를 좋아하기도 하지만, 모든 인테리어의 완성은 나무와 꽃이라고 믿는다. 카페 로비

BAILEY'S
STARDUST
National Portrait Gallery
V&A
ITALIAN FASHION
« yido ceramic studio
Y-House

에는 그저 키 큰 나무들을 잔뜩 세워놓았는데 내 나름대로는 제멋대로는 자라나는 작은 숲의 이미지를 만든 것이었다. 직원 식당으로 들어가는 곳에는 양쪽에 나무를 놓고 식당 한쪽 벽에는 오래된 도자전 포스터를 붙였다.

기숙사로 올라가는 계단에서 정면으로 보이는 곳이 그저 흰 벽으로 마감이 끝나서 지난번 영국 출장에서 들렀던 영국 국립초상화미술관과 서머셋하우스에서 산 포스터 세 장을 액자에 넣어 걸었다. 해외 출장중에 미술관에 들르면 꼭 빼놓지 않고 기념품점을 찾는데 거기서 사 모으는 포스터는 언제나 유용한 인테리어 소품이 되어준다. 이번에 여주 스튜디오를 꾸밀 때도 톡톡히 한몫을 했다.

아래층 포터리숍 위층에는 내 작업 공간과 개인 사무실이 있는데 손님이 은근히 많이 들락거릴 것 같아 언제 들러도 싱싱한 느낌을 줄 수 있는, 빛이 없어도 되고 물은 마르지 않을 만큼만 주면 되는 커다란 수생식물을 한 그루 놓았다. 테이블 위에는 일자로 쭉 뻗은, 약간 푸른빛을 머금은 밝은 꽃병을 대여섯 개 일렬로 늘어놓고 새파란 잎을 대충 아무렇게나 꽂은 듯한 느낌으로 자연스럽게 꽂아두었다. 그래 보여도 사실은 정교하게 계산하여 공들여 연출한 것이다. 이렇게 기숙사 2층 휴게실까지 그동안 모아둔 사진과 작품으로 정성껏 꾸몄다. 드디어 오프닝 시간이 다가온다.

그런데 비가 내린다. 게다가 기온이 뚝 떨어져 춥기까지 하다. 며칠 전 서울에서 준비해온 오프닝 때 입을 옷 위에 겨울용 점퍼라도 걸쳐야 할 만큼 으슬으슬했다. 잔디에는 천막이 드리워졌고

250여 명의 손님은 모두 우산을 쓰거나 그냥 비를 맞으며 이동해야 했다. 아, 바로 어제까지만 해도 그리도 맑던 하늘이……

그러나 나는 즐거웠다. 마냥 좋았고 뿌듯하고 여기까지 오게 된 내 자신이 기특했다. 화장도 하지 않은 얼굴이 시퍼래질 정도로 추위에 덜덜 떨면서 인사말을 했지만 오늘은 나의 날이었다. 나중에 가까운 친구가 하는 말이 인사말에서 본인 입으로 스스로 기특하다고 말하는 CEO는 처음 봤다고 한다. 그런데 어찌하랴. 그게 나의 진심이고 형식적으로 때우는 인사말은 내 스타일이 아닌걸.

그 모든 것에 오로지 감사할 뿐이다.

나의 첫 작업실은 안양이었다. 이미 과거형이 되었다는 것이 생소하게 느껴질 정도로 거의 평생을 함께해온 곳이다.

처음 그곳에 자리를 잡았을 때는 1986년경이었는데 103번 시외버스 종점이 있었고 간혹 운전 주행 연습 차량만 드문드문 다닐 뿐 인적은 거의 없었다. 이곳에서 나는 그릇을 만들기 시작했다. 장식장에 들어가 있는 의미 없는 그릇이 아니라 식탁에서 쓸 수 있는 그릇을 만드는 것이 나의 사명이었다.

당연하지만 그렇다고 마냥 좋았던 것만은 아니었다. 세상 어디에도 없는 내 것을 만들기란 쉽지 않았다. 자다가도 벌떡 일어나 스케치를 하고 어서 아침이 밝기를 기다리며 잠을 못 이루기도 했다. 막상 만들어보면 머릿속에서 그린 이미지와 전혀 다른 모습에 실망하고 몇 번이나 고치면서 흙이라는 것은 내 맘대로 되지 않는구나 하는 사실을 깨달으며 절망하기도 했다. 그러나 의미 없는 절망은 없다고 감히 말해도 될까. 나와 뜻을 함께해주는 수많은 사람들과 함께 새로운 꿈의 공장을 연 날, 나는 또다시 얼마든지 절망할 준비가 되어 있었다. 그토록 오래 바라온 꿈을 위해서라면.

yido

yido
yido

공부하는 즐거움

세상 사람들이 살아가는 모습은 들여다보면 다양하기 그지없다. 이제는 오십대 후반이 된 내가 감히 인생에 대해 말할 수 있다면 "행복은 한순간이며 지속되지 않는다". 좌절과 고통이 그 행복 뒤에 바로 또 기다리고 있다. 앞으로 다가올 시간에 대한 불안감과 인간에 대한 연민, 잠깐의 기쁨과 즐거움 속에 놓여 견디며 사는 것, 태어났기 때문에 왜인지도 모르고 나아가야 하는 것, 그것이 내가 아는 인생이다.

나는 기질적으로 조금 비관적이다. 인간에 대한 연민도 많고 감상에 젖어들어 우울한 기분에 빠지기도 한다. 미리 걱정하고 감정의 무게를 이기지 못해 깊은 수렁으로 빠져드는 경험도 많이 해보았다. 그래서인지 늘 나 자신을 엄청나게 바쁘게 몰아치려고 노력한다. 매순간 나를 단련하고 정신줄을 놓지 않으려고 발버둥

친 시간이 많았다. 그래서인지 막상 실제로 시련이 닥치면 어디서 힘이 나는지 갑자기 긍정적으로 맞서거나 과감하게 포기하게 된다. 그러면 그 결과, 내가 바라던 것은 결국 이루어지거나 처음부터 없었던 일이 되거나 하여 그저 만족해버리곤 한다.

그런데 우리가 마주하는 다른 많은 사람들도 나처럼 그렇게 살고 있을까? 궁금하다. 설마 저 사람도 아플까? 이것은 쓸데없는 생각이다. 사는 것이 누구나 아플 수밖에 없다. 그래서 나는 부지런하게 살기로 일찌감치 결정을 내렸다.

어느 정도 시간이 흐른 지금에 와서야 그간 내가 어떤 시간을 지나왔는지 비로소 이해가 된다. 감당할 수 없이 바쁠 때(사실 물리적으로 바쁘다기보다는 정신적인 부대낌 속에 있을 때) 간혹 어디 생명에 지장이 없는, 예를 들어 발가락 같은 데에 금이 가 걸을 수 없게 된다거나 도저히 움직일 수 없는 일이 생기기를 원하기도 했다. 그러면 아무것도 하지 않고 푹 자고 쉴 수 있지 않을까. 하루하루 일이 산더미처럼 쌓였고 자잘한 사건 사고가 끊임없이 일어났다.

우스운 이야기이지만 내가 가장 몰입하는 사물, 혹은 시간을 꼽으라면 나의 스케줄 표와 그것을 들여다보는 시간을 들겠다. 대개 스마트폰을 이용해 스케줄을 조정하는데 최근에는 아예 탁상용 달력 가운데 3개월 치를 떼어내어 자잘하게 혹은 큼직하게 스케줄을 적어서 언제 어디서라도 확인할 수 있게 들고 다니면서 새로 썼다 지웠다를 반복한다. 앞으로 3개월 정도의 스케줄을 들여다보며 일의 특성에 대해 고민하고 만날 사람과의 대화를 미리 짜보기도 하고 그때그때 갖춰야 할 마음가짐까지도 정리를 해놓

설 계 도

내 일의 설계도, 내 그릇의 설계도, 내 시간의 설계도.
모든 게 마음먹은 대로 다 되지 않는다는 걸 알지만,
그림을 그려보고 꿈꾸는 일이
무용하다고 말할 순 없다.

아야 마음이 놓인다.

그리고 중간중간에 진정으로 하고 싶은 일을 끼워넣는다. 그것은 음악이고 책이다.

책을 쌓아두고 들춰보고 만져볼 때마다 말할 수 없는 충족감을 느낀다. 지금에서야 알게 되는 수많은 역사적 인물과 그동안 궁금증조차 갖지 않았던 사실들을 지금도 끊임없이 알아가고 즐거워하는 중이다. 책 속에서 깨닫게 되는 타인에 대한 무지는 그간 내가 얼마나 많은 실수를 저지르며 살아왔는지를 돌아보게 한다.

디자인과 관련이 없는 새로운 자극과 자유로움이 나의 직관을 고양시키고 결과적으로 사고의 깊이도 마련해주었다. 공부하고 더 많은 지식을 쌓을수록 즉흥적인 감성이 더욱 발달되는 것 같다. 디자인과 관련 없는 스피노자의 철학이나 로마 이야기를 접하며 디자인에 대해 더 많은 걸 알게 되었다.

나 자신을 분석하고 반성하고 곱씹으면서도 여전히 나는 창작을 즐거워하는 철부지이고 어설픈 인간이다. 하지만 예전과 달리 어떤 부분에서는 감정에 휘둘려 치닫다가도 어느새 원래의 지점으로 되돌아와 있는 내 모습을 발견하기도 한다.

세심하게 사물을 보고 어딘가에 길들여지지 않고 좋아하는 대로 살고 마음껏 지식을 얻고 즐기며 이렇게 살기 위해 그동안 숨차게 달려왔나보다.

다시 한번 음악 용어를 빌리자면 이제는 '느리게 그러나 힘 있게' 가보고 싶다.

회의가 끝난 후

사업을 하시는 부모님 밑에서 자라다보니 사업에 대한 철학은 막연히 알게 모르게 배운 듯하다. 결혼한 후에도 부모님과 가까이 살면서 저녁식사를 함께하는 일이 잦다보니 두 분의 말씀을 좋아도 싫어도 듣게 되었다. 그러면서 아마도 나 역시 언젠가는 가야 할 그 길을 가는 중이라는 것을 깨달았을지도 모르겠다. 서로 일상적인 이야기를 나누며 화기애애한 분위기 속에서 저녁식사를 하길 원했지만 항상 대화는 없고 두 분의 일 이야기만 들었다. 나는 건성으로 이야기를 들으며 내일 해야 할 작업 계획을 세우곤 했다. 그러면서도 "회사의 주인은 직원들이다. 직원들에게 잘해야 한다. 경영은 투명해야 한다" 등등으로 늘 마무리되던 부모님의 이야기는 아직까지 내 뇌리에 깊게 남아 있다. 실제로 부모님은 부동산 투자나 주식 투자 등은 하신 적이 없고 오로지 회사를 운영하시면서 두 분의 검소함을 바탕으로 꼿꼿하게 일을 해내셨다.

두 분은 구로공단에서 대기업 의류회사의 하청 공장을 창업하셨다. 그곳을 떠올리면 아직도 왠지 모르게 서글픈 느낌이 밀려온다. 중국과 막 교류가 생기던 때라 연길에서 연수생이라고 해서 공장 직원을 데려왔는데, 기숙사가 없어서 우리집 한쪽을 기숙사로 쓰기도 했다.

내가 막 결혼을 했을 때인데 집에 가면 엄마는 직원들과 함께 계시면서 "이제 이 아이들이 내 딸이다"라는 말씀을 여러 번 하셨다. 딸아이를 맡기고 일본에 간 사이에 나의 딸은 그 직원들 틈에서 아주 즐거운 시간을 보내는 듯했다. 한번은 엄마가 퇴근을 해서 손녀를 찾으니 기숙사 방에서 까르르까르르 웃는 소리가 들리더란다. 무슨 일인가 하고 문을 열어보니 직원들이 아이에게 훌라 치마를 만들어 입히고는 춤을 가르치더라는 것이다. 아마 그때가 세 살 남짓 되지 않았을까 싶다. 아이는 언니들 앞에서 신나라 하며 춤추고 언니들은 시키는 대로 따라하는 아이가 귀여워서 난리가 났던 거다.

어머니가 돌아가시고 프리미엄 아울렛 백화점인 더블유몰의 경영을 시작했을 때, 맨 먼저 시작한 일이 직원들과 이메일을 주고받는 것이었다. 먼저, 모든 직원에게 같은 내용의 이메일을 보내고 각자의 답장을 받아보는 것이었는데 어느 계산대 여직원의 답장이 지금도 기억에 남는다. 감히 사장님께 어떻게 이메일을 드리느냐는 말로 끝나는 답장이었다. 이렇게 여러 번 이메일을 주고받는 가운데 회사의 여러 가지 문제와 개인적인 고충, 가족에 대한 상담 등등이 이어졌다. 그 가운데에는 "사장님 저 오늘 술 한잔 했어요"로 시작되는 편지도 있었다. 그렇게 이메일을 주고받으며 회사의 분위기를 조금씩 익혀갔고, 직원들도 조금씩 나에게 마음을 열어주었다고 생각한다.

많은 시간을 낼 수는 없지만 일부러 이도 매장에서 직접 판매에 나설 때가 있다. 내가 만든 그릇을 설명하고 사용자와 직접 대화를 나누며 여러 가지 이야기를 들어보고 싶기도 하고, 판매 직원들에게 어떤 마음으로 손님을 대해야 하는지 그 진실함을 직접 보여주고 싶기 때문이다. 더불어 그들이 느끼고 있는 고충을 경험해보고파서이기도 하다.

이도와 더블유몰 모두 판매를 기본으로 하고 있다. 고객을 직접 대하며 이뤄지는 판매라는 것이 얼마나 힘든지 어느 정도는 헤아릴 수 있다. 간혹 억지를 부리고 화를 내는 손님들, 무리한 요구를 하며 친절을 받아주지 않고 힘들게 하는 손님들도 있다. 그러나 그분들이 찾아와주지 않으면 매장은 의미가 없고 우리는 존재할 수 없다. 그래서 내가 늘 애정을 갖고 바라보는 직원이 특히 손님을 직접 상대하는 판매 사원들이다. 직원들에게 내 격려가 얼마나 큰 힘과 위로가 되는지 잘 알고 있다. 그래서 더 많은 사랑을 갖고 그들에게 친근하게 다가가 웃으며 인사하고 안부를 물으려 노력하고 있다.

그동안 전문경영인에게 맡겨놓았던 더블유몰을 직접 경영하기로 결정한 직후의 일이다.

이제는 말할 수 있는, 지금도 생각하면 혼자 웃을 수밖에 없는

yido pottery

이런 이야기도 있다.

임원 회의에서 뭔가를 보고받는 자리였다. “저쪽에서 80퍼센트를 어쩌고저쩌고…… 그렇게 되면 저희는 이러쿵저러쿵……” ‘음, 무슨 말인지 하나도 모르겠다. 아무튼 열심히 하겠다는 이야기겠지’ 하고 생각하고 있는데 갑자기 “그럼 저희가 피를 먹어야 되는 거죠”라는 말이 들려왔다. 잠자코 듣다가 깜짝 놀라서 “네? 피를 먹는다구요?” “네? 아니 그게 아니고, 회장님. 죄송합니다.” 듣고 있던 임원들이 “풋! 크크크” “네? 아…… ‘fee’요……” 나는 오랜만에 우하하하하하 하고 웃는다.

그렇게 긴 회의는 끝이 나고 중대한 결정을 내려야 하는 안들만 남아 있다. 직원들이 나간 텅 빈 사무실에 남은 사람은 이제 나 혼자다. 그다음 결정은 나만의 몫이다.

쉽지 않은 결정을 내려야 하는 거친 유통판에서도 나를 믿고 따라주는 직원들이 있다. 다 사람이 하는 일이고 부모님 말씀대로 직원들을 사랑하고 정직하게 한다면 무엇이 두려우랴.

이렇게 마음만이라도 위풍당당하게 오늘도 이리 뛰고 저리 뛰고 있는 나다.

W·MALL
outlet
Winter
Story
W·MALL

이도다이닝에서 먹는 점심식사

일주일이면 두세 번 정도 이도다이닝에서 식사를 한다. 딱딱하지 않은 약속, 부득이한 약속이 있을 때 점심이나 저녁을 먹는데 겸손하게 말해서 몇 가지만 빼고는 맛있게 먹는 편이다. 집밥을 좋아하고 잡곡이나 채소 그리고 생선 등으로 나름대로 건강식을 챙기는 스타일인데, 아무리 내가 운영하는 레스토랑이라도 외식은 외식 아닌가.

그래서 처음 레스토랑을 준비할 때 셰프, 스태프와 함께 오랜 시간 같이 고민을 많이 했다. 가능한 한 좋은 재료에 비교적 간단한 조리법으로 재료의 순수함을 살리고, 기본 메뉴는 이탈리아식이지만 한식 전문가이신 우정욱 선생님의 도움을 받아 특별히 한식 메뉴도 추가로 넣었다. 예를 들어서 북엇국, 소고기와 묵은지가 함께 들어간 샐러드, 낙지 덮밥 같은 것들은 변치 않는 인기 메뉴이고 나도 좋아한다.

며칠 전 지방의 어느 미술관에서 오랜만에 서울시립미술관의 김홍희 관장님을 만났는데 믿을 수 없다는 듯이 나를 뚫어지게 보시면서 "아니, 어떻게 이윤신씨가 그렇게 사업을 하는지 모르겠어" 하신다. 20여 년 전부터 나를 보아오신 관장님께서는 그저 도자기 하나만 열심히 하는 작가로 나를 보아오시고 또 좋은 평가를 해주셨다. 그래서 2014년에는 남서울시립미술관에서 초대전시도 갖게 해주셨다. 남서울시립미술관은 옛 벨기에 대사관이던 건물을 미술관으로 개조해서 사용하고 있는데 예전의 구조를 거의 그대로 보존하고 있어서 여간 고풍스러운 게 아니다. 나는 그 공간에 완전히 매혹당하고 말았다.

조금씩 크기가 다른 방 열한 개를 나 혼자만의 작업으로 채우는 일, 그 모든 것을 준비하기 위해서는 실로 끔찍하게 많은 작업을 해야 했다. 나는 아주 흥분했고 일종의 경외감마저 느끼면서 전시를 치렀다. 이 전시는 나에게 아주 커다란 격려가 되었다. 그렇게 관장님과 일을 같이할 때에도 나는 그저 작가 이윤신이었고 모두 나를 그렇게 보아주는 것이 당연했기에 어느 날 드디어 레스토랑까지 오픈했다고 했을 때 주위에서는 적잖이 놀라기도 했을 터이다.

그런데 이도다이닝을 만들 때 지금까지 그래왔던 것처럼 사업이라고 생각하지 않았다. 아니, 거기까지 생각이 미치지 못했다고 하는 편이 나을지도 모르겠다. 왜냐하면 나의 머릿속은 오로지 그릇에 대한 생각으로 꽉 차 있었기 때문이다.

내가 만든 그릇에 음식을 담으면 얼마나 먹음직스러운지, 또 음식이 담겼을 때 그릇은 얼마나 근사한지 보여주고 싶은데 그릇만 파는 매장에서는 그걸 보여줄 수가 없었다. 그렇다면 레스토랑을 열어서 직접 음식을 담아 내놓으면 그릇의 중요함을 알게 할 수 있지 않을까 하는, 어찌 보면 무지무지 단순한 생각에서 이도다이닝을 구상했다.

오로지 그릇을 잘 보이게 하기 위해서 건물 두 개 층을 잡아 인테리어를 하고 이름을 짓고 메뉴를 개발하고 셰프를 영입하고 그야말로 팔자에도 없던 레스토랑 주인이 되어버렸다. 뭔가 마법에 홀린 것처럼 순간적으로 벌인 일이었다. 이 일은 예술 활동이라기보다 투철한 직업정신이 필요했다.

오픈하기 전 이미 레스토랑 운영 경험이 있는 잘나가는 오너 셰프 친구에게 조언을 구했더니 네가 지금 제정신이냐며 이탈리안 레스토랑의 무림인 이 동네에서 경험도 없는 네가 어떻게 이렇게 큰 레스토랑을 꾸릴 거냐며 무안을 주고 훌연히 자리에서 일어나 나가버렸다. 그래도 나는 속으로 "에라 모르겠다, 이왕 맘먹었으니…… 아니 벌써 인테리어도 끝냈고 직원들도 다 구했는데 어쩌란 말이냐" 하면서 그저 나에게는 누구도 맞설 수 없는 그릇이라는 무기가 있지 않나 하고 은근히 자신감마저 생기는 것이었다.

이도다이닝의 인테리어는 오픈하고 1년 동안 꾸준히 직접 손보면서 조금씩 완성시켰다. 주방도 고치고 구조도 바꾸고 조형물도 들이고 이것저것 고쳐진 것은 순전히 나의 손길이 닿은 흔적이다.

장식은 늘 나의 방식대로 고속버스터미널 꽃시장이나 양재 화훼시장에서 직접 고른 나무와 꽃, 병과 촛불, 그리고 이태원 빈티

지숍 등에서 산 소품을 활용했다. 그렇게 준비한 것을 5층 내 사무실 옆의 요리 교실에서 내 손으로 만들어 밤 열한시경 손님이 다 빠져나간 후에 장식하기 시작해 한 시간 정도면 마무리됐다. 계절이 바뀔 때마다 바꾸어주는데 여간 재미가 있는 것이 아니다.

여행을 할 때면 늘 여행지에서 얻은 감각으로 솜씨를 뽐내본다. 지난 파리 출장 때는 내가 찍은 사진으로 벽을 꾸며보자고 맘먹고 좀 괜찮은 카메라를 구입해서 진지하게 공부를 했었다. 그래놓고는 막상 짐을 꾸릴 때는 카메라를 홀라당 잊어버리고 떠났다. 하는 수 없이 스마트폰으로 열심히 내가 좋아하는 숲도 찍고 마른 나뭇가지, 자동차 보닛 위에 올라가 있는 고양이, 꽃시장의 꽃뭉치 등을 찍어서 돌아왔다. "뭐 어떤 사람은 스마트폰으로 영화도 만드는데" 하면서 인화를 했는데 "왜 이렇게 영상미가 떨어지지?" 하면서도 예쁘게 액자를 만들어 레스토랑 1층과 2층 벽에 요즘 스타일로 다닥다닥 걸었다.

그러고서는 어느 날 마침 좋아하는 사진작가인 김선생과 저녁을 같이할 때 짐짓 자랑스러워하며 내 사진을 좀 봐달라고 해보았다. 그런데 그는 걸려 있는 사진을 찬찬히 보더니 그냥 호쾌하게 웃어넘기는 거였다. 그리고 그분 옆에 동석했던 박선생은 "회장이 걸으라니 직원들이 하는 수 없이 걸었겠구만" 하고 거든다. 솔직히 조금 실망했다. 으음? 아무리 봐도 멋진 작품 같은데 알 수가 없었다. 나중에 내 사진은 내리고 장 뒤비페의 판화로 바꿨는데 나는 아직도 사진에 대한 미련을 버리지 못하고 있다. 언젠가는 아주 한참 뒤에 전시도 한번 해보고 싶다. 주책이라는 소리를 듣더라도 말이다.

이렇게 이도다이닝은 지금도 나의 정성과 손길로 꾸며지고 있다. 실제로 꽃꽂이도 3개월간 기본 코스는 배워두었다. 늘 현재의 삶에 충실하라고 하는데, 이것이 쉽지만은 않다. 왜냐하면 우리에게는 희망을 길게 잡는 습관이 있어서다. 나중에, 혹은 언젠가는, 이런 식으로 말이다. 무언가가 떠오르면 즉시 시작하는 나에게는 나중보다 지금이 좋다. 바로 배우고 바로 시작하고 바로 써먹기도 하고.

인테리어도 발로 뛰면서 직접 꾸미곤 하지만 그래도 역시 가장 좋은 건 내가 만든 그릇에 음식이 담겨져 나온다는 사실. 다른 곳과는 비교할 수 없는 우아함이다.

이도다이닝에서 식사할 때마다 주문하는 묵은지 샐러드는 네모난 모양에 양쪽에 네모난 날개를 달아 들기 쉽게 디자인한 긴 사각 접시를 사용한다. 알맞게 기름진 고단백 쇠고기 안심은 흑색 유약을 입혀 오븐용으로 만든 줄무늬 원형 접시를 미리 달궈 담아낸다. 손으로 하나하나 정성스럽게 만든 작품에 담긴 맛난 음식을 대접받는 것. 얼마나 호사스러운가. 이보다 더 좋을 순 없는 거다.

디자이너의 손길

예술가는 누구나 작품에 몰두할 때와 일상생활에서의 태도가 다르지 않을까 싶다. 작품을 만들 때에는 실패하기도 하고 좌절하기도 하면서 관대함을 배우고 인생을 쉽게 생각하지 않는 미덕을 배우게 된다. 이것은 다른 예술 분야와는 조금 다르게 자연이라는 소재, 흙을 다루고 가마에서 굽는 특수한 과정을 거치기 때문에 더욱 그러할지도 모른다. 그런데 일상생활을 하거나 말 그대로 '일'을 해야 할 때는 이성적 판단을 앞세워야 하기에 가끔은 그것이 나의 예술가적 감성이나 직관을 감퇴시킬지도 모른다는 두려움을 느끼기도 한다.

나는 도예가라고 불리고 있지만 솔직히 말하면 기술적 숙련에는 별 관심이 없다. 흙이나 유약은 조형을 위한 수단일 뿐, 전통적인 의미에서 끊임없이 탐구해야 할 소재라고 생각하지는 않는다. 좀더 쉽게 말하자면 형태와 기능이 우선이고 그것을 완벽에 가깝게 나타내기 위한 색감이 거기에 덧발라진다.

기술적인 뛰어남은 나에게 큰 의미가 없었다. 이 일을 시작할 때부터 지금까지 한결같이 기술보다 우위에 두어야 하는 것은 감각이라고 확신하고 있다. 그러므로 전통 가마를 고집한다든지 유약 개발에 열을 올리기보다는 형태 자체에 무게를 두고 디자인한다. 이 시대에 맞는 디자인을 하고 싶다. 마치 세기말 빈 분리파가 "시대에는 그 시대의 예술을, 예술에는 그 예술의 자유를"이라는 모토를 내걸었던 것처럼 말이다. 지나간 시대의 방법보다는 지금 나의 내부에서 요구되는 것들에 초점을 맞춘다.

지난번 남서울시립미술관에서 연 개인전에서 열한 개의 방 중 하나를 '디자이너 이윤신'이라 이름 붙이고 몇 년 전 직접 만든 가구와 조명등 등을 전시했다. 가구 디자인이라면 조금 거슬러올라가 인사동 쌈지길에 열었던 나의 첫 가게에 들어가는 가구를 전부 내 손으로 디자인했다. 가구를 만드는 곳에 주문을 하고 보니 성에 차지를 않았다. 그래서 결국 안양 작업실에 본격적으로 원목과 온갖 기계를 들여오고 제작팀까지 구성해서 2년 정도를 나무에 빠져 지낸 적도 있다. 흙에 못지않게 나무도 엄청나게 어려운 소재라는 것을 뼈저리게 느낀 시간이었다. 나무와 흙을 접목한 작품을 만들어보겠다고 얼마나 힘든 시간을 보냈는지…… 안양 작업실은 매일 먼지로 가득차고 한쪽에서는 흙을 굽고 한쪽에서는 나무를 켜서 도자기와 붙였다 떼었다 하고 그러다가 깨트리고 정말 난리도 아니었다.

참으로 고됐지만 내가 좋아서 한 일이었다. 커다란 식탁부터 부엌 찬장, 의자, 콘솔까지. 그중 일부를 5톤 트럭에 그릇과 함께 부산까지 싣고 가서 전시한 적도 있고 심지어 판매가 되기도 했다.

2년여 동안 고생한 끝에 가구만 몇 점 남겨놓고 기계도 사라지고 팀 사람들도 모두 어디론가 가버렸다. 거기 남은 가구 중 하나를 남서울시립미술관에 전시했던 것이다. 지금도 가회동 본점 카페에서 커피 테이블로 쓰고 있다. 귀퉁이에는 흙으로 이윤신이라는 도장을 구워 나무를 파고 상감을 해넣었다. 워낙 좋은 원목으로 만들었기에 이제는 반질반질 윤이 나서 보기 좋다.

흙 작업을 하면서 짬짬이 가구를 비롯해서 조명등이라든지 여러 가지 소용에 닿는 것을 디자인해왔다. 그것들은 매장에 걸리기도 하고 집안을 장식하기도 하면서 혼자서 혹은 알게 모르게 여러 사람이 즐겨주기도 한다.

이러한 것들이 기본을 갈고닦기에 좋은 경험들이 되었나보다. 이제 나는 손으로 만들어내는 또다른 세계로 간다. 이제는 그릇뿐 아니라 내가 직접 디자인한 수작업 공예품을 만들려 한다. 나는 늘 일상을 함께하는 예술 속에서 사람의 손길과 숨결을 느꼈다. 사물이 말을 걸어온다. 언제 누구의 손에서건 소중하게 쓰일 공예품을 만드는 시간이 다시 나의 감각을 깨워주리라 믿는다.

이제는 어떤 부분에서 감정에 휘둘려 치닫다가도 어느새 원래의 지점으로 되돌아와 있는 나 자신을 발견하곤 한다. 한 발자국 떨어져서 보는 여유가 생겼다고 할까. 화를 내본지도 오래된 것 같다. 이제 느긋해진 마음으로 일상의 아름다움을 느끼게 해줄

디자인을 여유롭게 펼쳐보고 싶다.

여행지에서 들른 미술관이나 이곳저곳을 다니며 사 모은 흰색 머그컵들을 늘어놓고 본다. 메트The Met, 모마MoMA, 사치Saatchi, 사보이 호텔, 레오폴트 박물관, 헨델 하우스, 아이러브뉴욕. 그곳의 미술품, 장식품, 길거리, 담배를 피우며 걸어가던 여인, 추위에 아랑곳하지 않고 카페 밖 테이블에 아주 오래 앉아 있던 곱슬머리 남자. 걸어가다 내려다본 바닥의 모양, 음식, 커피, 다디단 케이크…… 이런 것들은 추억이 되기도 하지만 이도핸즈에서 다시 아름다운 수공예품으로 재탄생되어 우리의 일상으로 들어올 것이다.

무슨 재미로 사세요?

태생적으로 흥이 없는 사람이 있다. 가까운 지인 중에 희로애락의 표현이 매우 진중한 사람이 있는데 그가 에어로빅댄스를 배우는 중에 있었던 일이라고 한다. 자신은 이렇게 신나는 일이 이 세상에 또 있을까 싶을 정도로 재미나서 잔뜩 흥분해서는 신나게 춤을 추고 있는데 옆에서 보던 사람이 "아니, 그렇게 재미없으세요?" 하더란다.

나는 어느 쪽인가 하면 정반대다. 지난번에 여주 스튜디오를 오픈하던 날 안사돈에게 꽃을 선물받았다(안사돈은 좋은 일이 있으면 늘 특이하고 멋진 꽃을 선물해주신다). 처음엔 무심코 꽃도 아닌 것이 가지도 아닌 것이 생명력 있게 튼튼히 생겼구나 했다. 그런데 며칠이 지나자 그 꽈리 같은 봉우리에서 슬슬 솜이 비어져 나오는 것이 아닌가! 조금씩 조금씩 솜뭉치가 되어가더니 불면

날릴 것처럼 솜이 피어오르는 것이다. 약간 비현실적이고 괴상하면서 묘한 느낌에 들여다보고 또 들여다보고 사진을 찍어댔다.

그날 사무실로 출근해서는 직원에게 그 사진을 보여주며 "정말 놀랍지 않아? 이건 뭘까? 예전에 문익점이 봤다면 기절할 일 아닐까?" 하면서 난리법석을 떨었다. 그러자 그 직원이 아무 일도 아니라는 듯이 "아, 선생님, 이거 목화예요" 하는 거다. "아니, 목화라고?" "예. 우리나라 꽃이에요. 선생님 꽃 좋아하시는데 이거 모르셨어요?" 한다. 알고 있던 꽃이더라도 정말 놀랐을 것이다. 어떻게 세상에 이런 꽃이 있을 수 있지? 그러고는 만나는 사람에게마다 그 꽃 사진을 보여주고는 공감을 받기를 기대했다. 하지만 썩 내가 원하는 만큼의 반응을 얻어내지는 못했다. 나는 이런 식이다. 금방 감동하고 기뻐하고 슬퍼하고 또 금방 회복한다. 여럿이 있는 자리에서는 누가 말을 하든 귀담아 듣는다. 집중을 해서 들어주니 나만 바라보고 말을 하는 사람도 있다. 또 잘 웃어준다. '이건 별로인데' 싶을 때조차 그 사람의 얼굴을 봐서라도 안됐다는 생각에 깔깔거리고 웃는다. 그럼 옆에 있던 다른 사람은 무표정한 얼굴로 내게 묻는다. "재미있어?"라고.

내가 가진 흥 또한 시쳇말로 장난이 아니다. 지금도 어디서든 음악이 나오면 몸이 반응한다. 본능적으로 움직인다. 혼자 있을 때에는 어떤 음악이 흐르든 습관적으로 몸을 이리저리 돌리며 춤을 춘다. 기분이 좋아진다. 마음 깊은 곳에서부터 신명이 나서 감출 수 없다.

대학 다닐 때 밤 열두시가 되면 집으로 돌아가야 하는 통행금지가 있었는데 고고장이라는 데에 빠져 있던 나는 그 통금이라는

목 화

포근하게 꽃이 피어났다.
나더러 감탄하라고 핀 것은 아니고
저 홀로 핀 것이겠지만
나는 감탄한다.

것이 너무나 맘에 들지 않았다. 고고장을 얼마나 사랑했던지 입구에 들어설라치면 안에서부터 울려나오는 쿵쿵거리는 베이스음에 흥분이 되어서 가슴이 쿵쿵 뛰곤 했다. 친구들과 놀 때면 누가 늦게까지 놀고 오래 춤추고 무대에서 안 내려오는지 내기를 하기도 했다.

고고장에서 흘러나오는 음악도 좋아했지만 나의 클래식 사랑은 그 무엇과도 바꿀 수 없다. 나중에야 알았지만 예전 1960년대에 라디오에서 흘러나오던 대한뉴스의 시그널 음악이 내가 처음 접한 클래식 음악이었다. 지금도 생생히 기억이 나는데 그때 사용되었던 음악이 바로 그 이름도 어려운 바그너의 오페라 〈파르지팔〉 서곡이었다. '솔-도-시-라-솔-시-도' 하면서 웅장하게 퍼지는 그 장엄한 곡을 다시 들었을 때 어릴 때 듣던 그 곡이 떠올라 흥분해서는 주위 사람들을 붙들고 "맞지? 맞지?"라고 확인해 보았는데 아무에게도 답을 듣지 못했다. 그러고 혼자 생각했다. 누가 그 곡을 선택했는지 모르지만 우리나라의 클래식 음악 수준이 결코 떨어지지 않는구나…… 하기야 〈결혼행진곡〉도 바그너의 곡이니 클래식이, 바그너의 음악이 어렵다는 것도 편견이 아닐까 하는 생각도 든다.

아무튼 이렇게 뭔가를 알게 되고 느끼는 것에 가만히 있지를 못하고 그저 감탄하고 또 슬픈 일에는 참지 못하고 눈물을 줄줄 흘리기도 하고 답답한 일은 반드시 짚고 넘어가야 하는 성격 때문에 곤혹스러운 일들이 많이 일어난다. 콘서트장에서 앞사람이 떠든다, 머리를 흔든다, 휴대전화를 본다, 해서 지적을 한 적도 한두 번이 아니고 그러다가 내 가방에서 울리는 알람 소리에 혼

ROYAL
OPERA
HOUSE
MAYERLING
SOMETIMES THE TRUTH IS
MORE SCANDALOUS THAN FICTION
PORTRAITS
Gallery
Jeep
MUSIC IN TWELVE PARTS
Don Carlo
ANNA

비백산한 적도 있다(그렇다, 무음으로 해놓아도 알람은 울린다는 것을 그때 알았다). 또 영화관에서 흑흑 소리내며 울었던 적도 많다.

지난번 파리 출장에서는 보부아르와 사르트르가 자주 들렀다는 카페의 구석 자리에 앉아 소곤소곤 들리는 옆 사람들의 대화와 살짝살짝 부딪히는 커피잔 소리, 그리고 창밖으로 보이는 길거리의 풍경에 매료되었다. 같이 갔던 팀장에게 "너무 좋지? 그렇지?" 하고 계속 물어보며 두 사람이 주고받던 편지와 그들의 철학을 다시 한번 느껴보는 시간에 빠져들었다. 돌아오고 얼마 안 있어 그곳을 방문하는 친구에게 그 카페를 열정적으로 소개했는데 나중에 돌아온 감상이 그저 그랬다.

나는 아직도 나 자신이 어린아이같이 느껴진다. 그러나 내가 흥분해서 감탄하는 일에 무덤덤한 사람을 보면 물어보고 싶다.

무슨 재미로 사세요?

에필로그

아카데미 회원들을 바라보며

2주에 한 번씩 내가 꼭 참석해서 같이하는 회의가 있는데 이 회의는 언제나 가회동 본사에서 한다. 모든 사무실이 이도 강남점에 몰려 있기 때문에 직원들은 가회동을 방문하는 기회가 많지 않을 것 같아 2주에 한 번은 꼭 본사에 들르기로 겸사겸사 정했다.

그곳에는 도자기를 직접 만들 수 있는 아카데미가 있는데, 유리벽으로 둘러져 있어서 수업하는 모습을 자연스럽게 볼 수 있다. 회의가 있는 날이면 조금 일찍 카페에 한자리를 차지하고 앉아서 아카데미 회원들이 작품을 만드는 모습을 물끄러미 바라보곤 한다. 정말 뿌듯한 시간이다.

누가 쳐다보든지 아랑곳하지 않고 그저 흙에 몰두해 있는 그 모습이 너무나도 아름다워 나도 그만 빠져들고 만다. 내가 작업하는 모습도 저렇게 아름다울까?

가끔 너무 좋아하는 사람과는 결혼하지 말고 너무 좋아하는 일은 직업으로 삼지 말라는 말을 듣는다. 내 것이 되면 초심이 사라진다는 걸까? 아니면 지나친 열정은 일을 망친다는 의미일까?

아무튼 나는 가장 좋아하는 일을 직업으로 갖고 있는데, 두 경우 모두 아닌 듯하니 감사할 따름이다. 아카데미 회원들은 취미로 즐기니 수업이 끝나면 각자의 생활로 돌아가 여유 있게 작품을 바라볼 수 있지만 나는 그러한 여유를 즐길 수 없다는 게 다르다고 할까. 즐길 수 없는 정도가 아니라 악전고투를 하고 있다고 해야 할까. 그러면서도 나는 나의 모습 중 가장 아름답게 보이는 모습이 작업을 할 때였으면 하고 바란다.

우리는 회원들이 정성스럽게 만든 그 작품들을 1년에 한 번씩 이도갤러리에 전시한다. 벌써 다섯번째다. 많은 작품 가운데 유난히 내 눈을 끌었던 작품이 있다. 처음에는 “모자구나” 하고 생각했다. 그런데 옆에 있던 어떤 분이 “그거 한번 들어보세요” 했다. 조심스럽게 모자를 살짝 들어보니 그 안에 코끼리가! 그렇다. 『어린 왕자』의 보아뱀이었다. “여기 보이는 것은 껍데기에 지나지 않아. 가장 중요한 것은 눈에 보이지 않지”라는 이야기가 생각나면서 슬그머니 입가에 웃음이 번진다. 다시 한번 『어린 왕자』를 읽어보고 싶은 강렬한 욕구가 생겼다. 그렇다, 바로 이런 것이 예술의 힘이다. 잊고 있던 꿈을 꾸게 해주는 것. 누가 만들었건 프로건 아마추어건 창조된 물건은 모두 예술이고 그것은 잠깐, 아니 긴 시간 동안 우리를 삶의 고통이나 고뇌에서 벗어나게 해준다. 우리가 예술을 사랑할 수밖에 없는 이유다. 그 보아뱀을 이 책에 실어보고 싶어서 그분께 부탁하여 갖고 있었는데 나의 게으

함 함 하 다

태어나서 처음 만들어보는
나만의 그릇은 얼마나 소중할지.
세상에 단 하나뿐이라는 말이
정말로 그러할 때.

름 탓에 원고 집필이 너무 늦어져 너무 오래 갖고 있을 수 없어서 하는 수 없이 돌려드리고 말았다.

전시는 출품 당사자는 물론이고 그들의 지인들이 참여해 아주 즐겁게 진행된다. 판매되지는 않는 것이 조금 아쉽다. 회원들이 원하지 않기 때문이다. 사실은 나도 매장에 내놓고 싶지 않은 물건이 있다. 수작업의 특성상 모든 물건이 조금씩 다르게 나오는데 완전히 내 마음에 드는 물건이 나올 때면 진심으로 그냥 내가 쓰고 싶다. 만일 그렇게 한다면 우리집 부엌은, 아니 우리집은 그릇으로 꽉 차버리리라. 회원들도 꼭 같은 마음일 것이라 생각한다. 그러니 몇 날 며칠을 실패의 실패를 거듭하여, 아니 구상부터라면 몇 달이 걸렸을지도 모르는 시간을 거쳐 만든 그 작품을 판매하고 싶겠는가. 언제까지라도 갖고 싶은 것이 그들의 마음일 것이다.

도자기를 만드는 일은 눈에 보이지 않는다. 무슨 이야기인가 하면 일단 흙이라는 것은 자꾸 내 손을 떠나려 한다. 늘 중용의 상태, 더하지도 덜하지도 않은 중용의 상태를 원하는 것이 흙이다. 그런데 초보에게는 그것을 지키기가 매우 힘들다. 자꾸 만지고 싶고 속도를 내고 싶다. 기다리기가 힘들다. 그러면 흙은 반항한다. 유약이라는 것도 그렇다. 보기에는 그저 하얀, 혹은 희끄무레한 액체인데 가마에 들어갔다가 나오면 전혀 예상치 못한 색으로 덮여 있다. 어떤 분들은 마치 수채화 물감처럼 덧칠이 가능하다고 믿기도 하고 그림을 그리면 유화처럼 나오리라 기대하기도 한다. 그러나 유약은 1230도에서 녹아내리는 유리질이다. 가마에서 일어나는 일은 그 누구도 예측하기 힘들다. 수백 번을 경

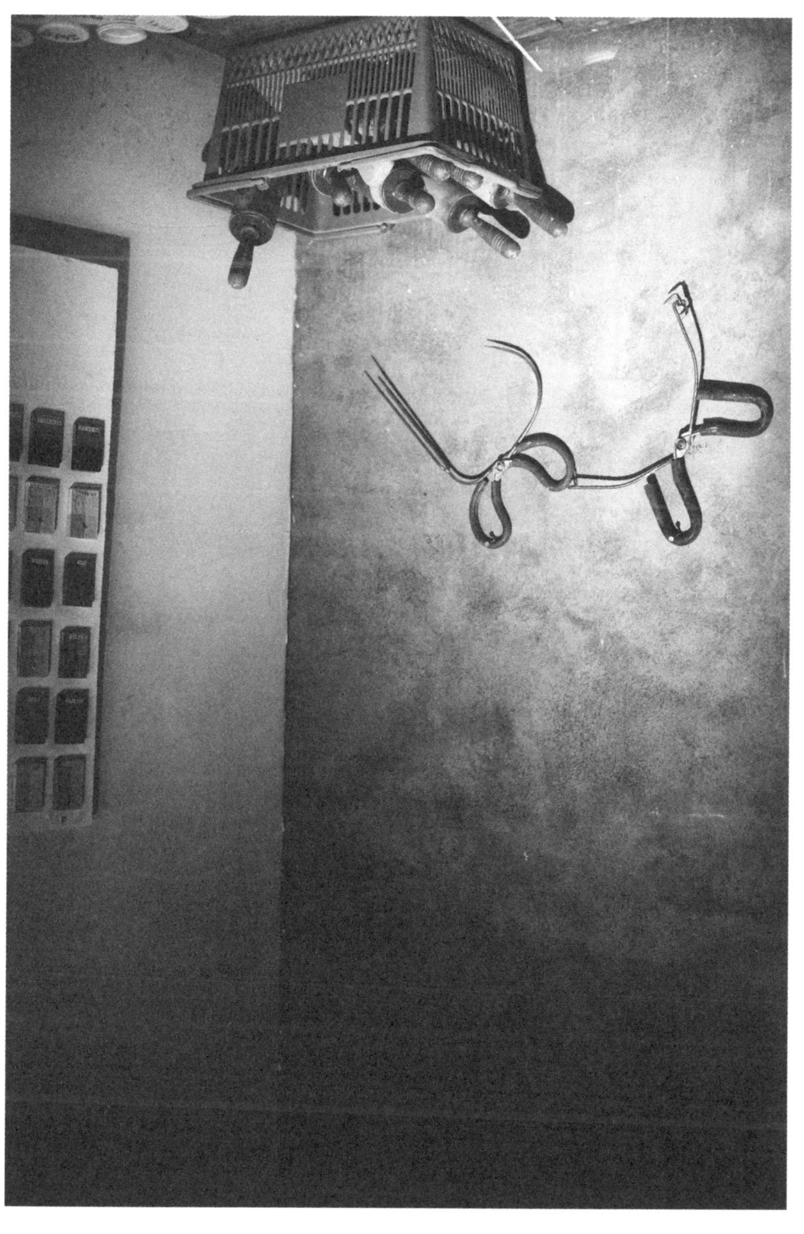

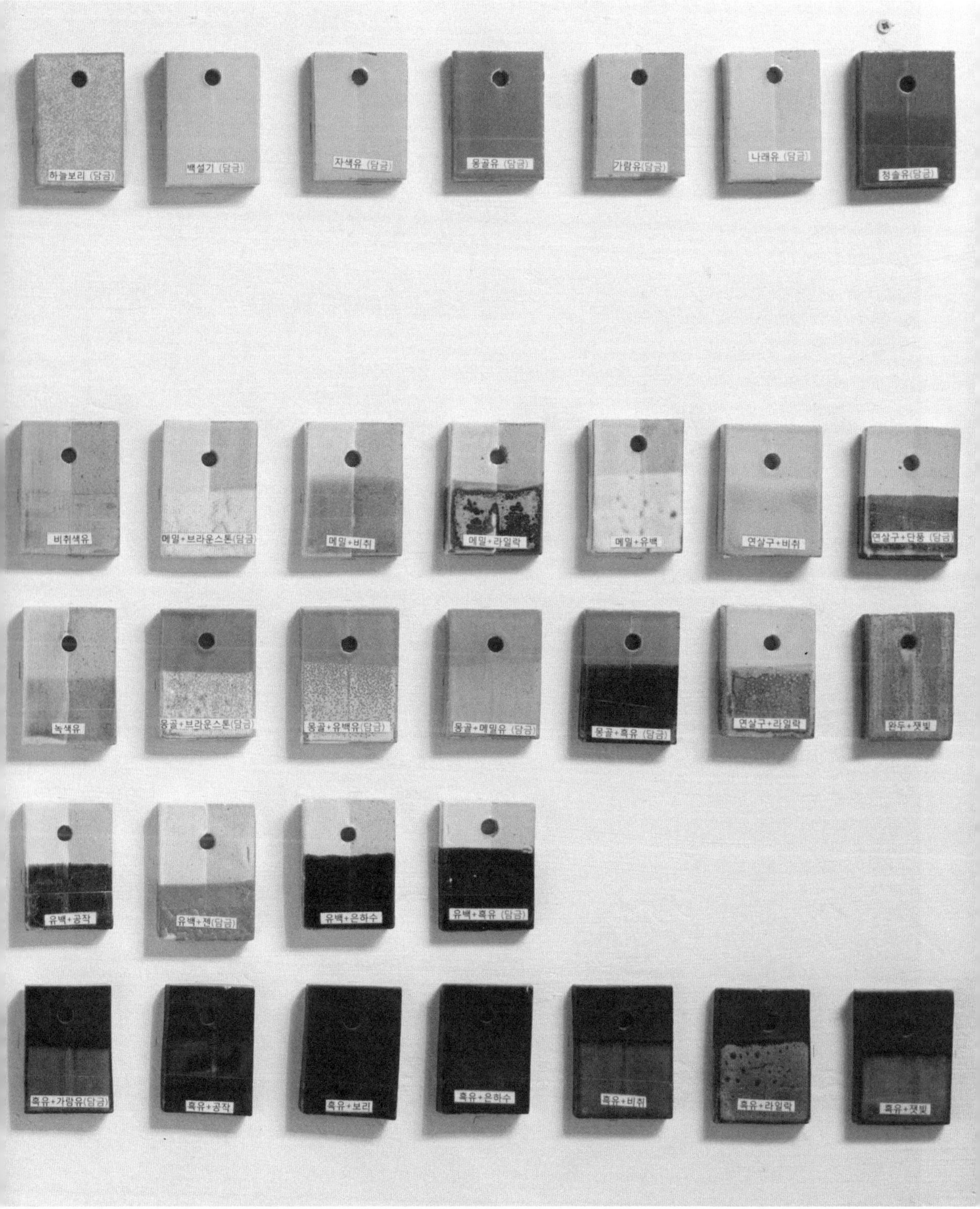
하늘보리 (담금)
백설기 (담금)
자색유 (담금)
몽골유 (담금)
가람유(담금)
나래유 (담금)
청솔유(담금)
비취색유
메밀+브라운스톤(담금)
메밀+비취
메밀+라일락
메밀+유백
연살구+비취
연살구+단풍 (담금)
녹색유
몽골+브라운스톤(담금)
몽골+유백유(담금)
몽골+메밀유 (담금)
몽골+흑유 (담금)
연살구+라일락
완두+잿빛
유백+공작
유백+젠(담금)
유백+은하수
유백+흑유 (담금)
흑유+가람유(담금)
흑유+공작
흑유+보리
흑유+은하수
흑유+비취
흑유+라일락
흑유+잿빛

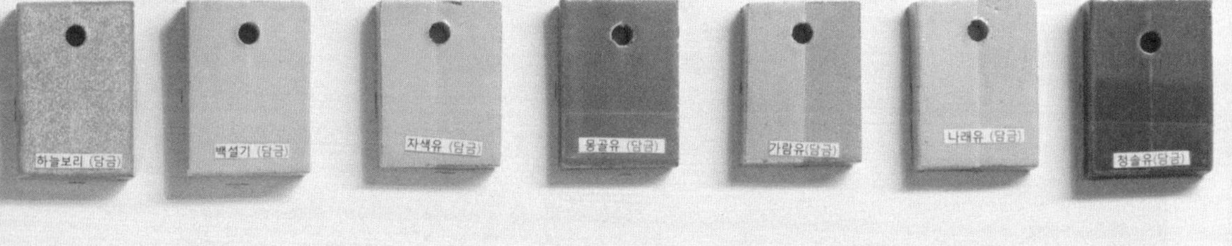

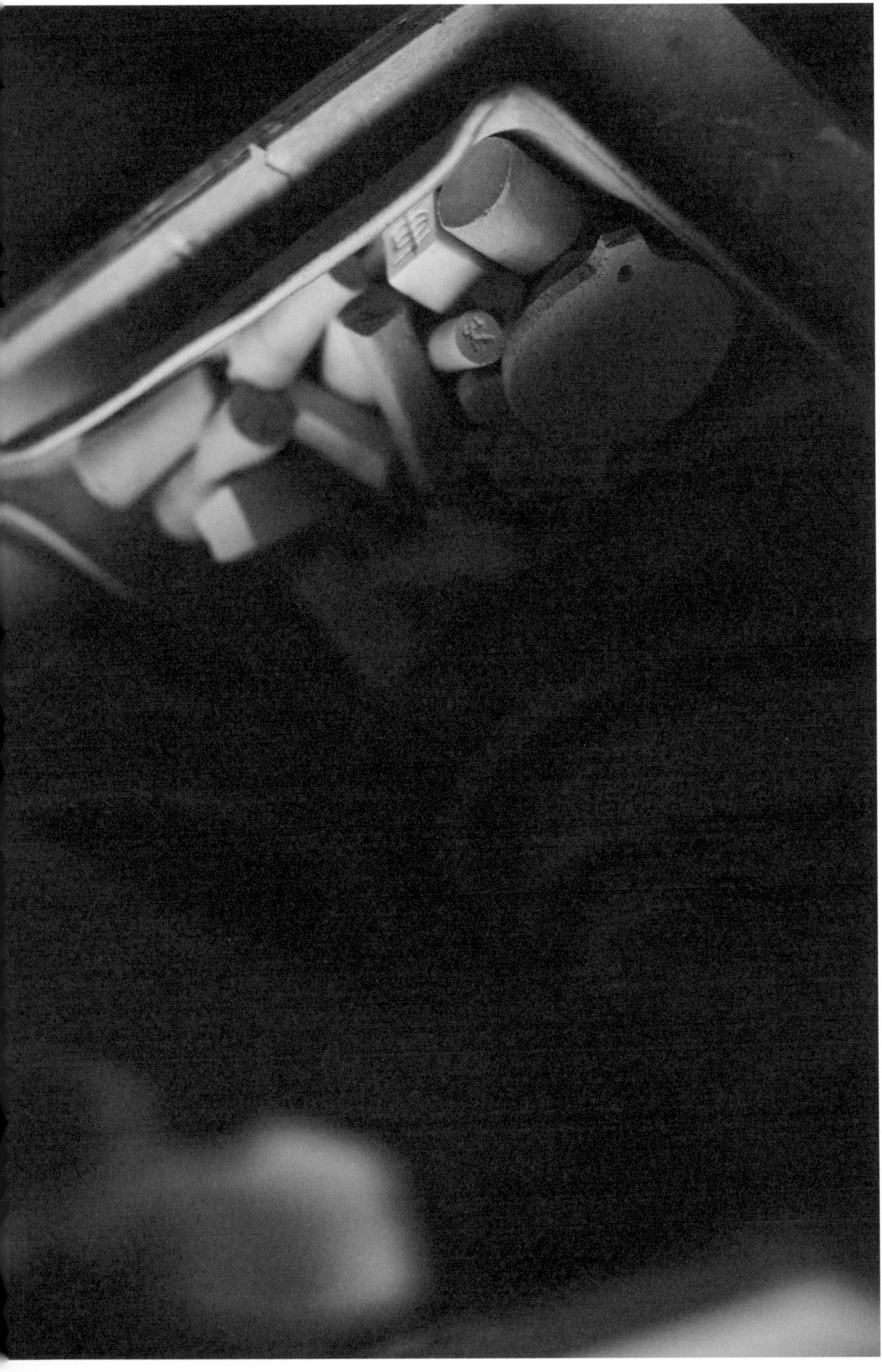

험하면서 데이터가 쌓여도 겨우겨우 가늠할 뿐이다. 김익영 선생님께서는 나보다 20여 년이 넘는 경험을 하시고서도 "난 아직도 모르겠어"라고 의미심장한 말씀을 하신다. 몇 해 전, 2대 해강海剛이신 유광렬 선생님과 함께 작업을 했을 때에도 비슷한 이야기를 들었다. 가마에 들어가서는 어찌될지를 몰라서 거의 5배수 이상을 만든다는 말씀을 하셨다. 대선배님들의 그런 말씀은 나를 좌절하게 내버려두지 않고 겸손하게 만들어주는 힘이 된다.

커피를 앞에 놓고 아카데미 회원들이 작업하는 모습을 하염없이 바라보고 있노라면 이렇게 온갖 행복한 상념에 빠진다. 그들의 행복이 나에게로 전달된다. 지금 저들은 자신만의 창작물을 탄생시키기 위해서 고군분투하고 있다.

이제 그들이 돌아가고 난 후 빈 교실에 들어가본다. 거기엔 내가 평소에 해보고 싶었지만 시간이 없어서, 잘 만들 줄 몰라서 못했던 여러 가지 조형물들과 그릇들이 차곡차곡 이름표를 달고 쌓여 있다. 문득 이런 대화가 떠오른다. 모차르트는 누나와 끊임없이 편지를 주고받으면서 "누나. 우리가 계속해서 많은 이야기들을 나누어 더이상 쓸 이야기가 없을 때까지 편지를 썼으면 해"라고 했다지.

나도 그들이 너무나도 많은 작업을 해서 더이상 만들 것이 없을 때까지 할 수 있는 모든 것들을 만들 수 있기를 바란다.

딸이 쓴 엄마 이야기

내가 기억하는 가장 오래된 추억 속 엄마의 느낌은 아방가르드. 그도 그럴 것이 엄마와 아빠는 나를 낳으시고 외할머니, 외할아버지께 나를 맡기신 후, 두 분만 일본 유학을 떠나셨다. 엄마 아빠가 한국으로 돌아오셨을 때 나는 기억을 막 저장하기 시작하는 대여섯 살쯤이었는데, 그때 엄마는 일본 예술과 문화의 분위기를 그대로 가지고 오셨다. 그런 아방가르드한 느낌은 점점 모던함으로 바뀌었고, 지금까지도 엄마에게서 '아줌마' 같다는 느낌을 단 한 번도 받아본 적이 없다. 어렸을 적부터 엄마와 둘이 외출하면 다른 사람들은 우리를 모녀 사이로 본 적이 거의 없다. 다들 이모 정도로 생각했고, 내가 한 살 두 살 나이를 먹어감에도 엄마는 여전히 그 분위기 그대로여서 요즘엔 모녀라고 하면 사람들이 깜짝깜짝 놀란다. 1인 사업으로 시작한 이도를 25년에 걸쳐 이제는 하나의 기업으로 성장시켰음에도 불구하고 엄마는 여전히 '예술가'로 불리기를 원한다. 그리고 또 당신도 당신을 사업가가 아닌 예술가로 생각하고 있다. 엄마는 오십대 후반의 나이에 색이 바랜 오렌지색 머리를 유지하고 있는데, 보통은 참으로 이상하게 보일 것 같은 이 모습이 엄마에게는 녹아든다. 이것은 나이를 떠나 엄마가 예술가의 기질이 강한 사람이기 때문인 것 같다.

엄마는 외할머니의 사업가적인 면모를 그대로 쏙 빼닮았다. 우리 외할머니는 정말 강인한 여자였다. 무섭다고 표현할 수 있을 만큼 똑똑하고 냉철하셨다. 그도 그럴 것이 내가 태어나기도 전, 그 옛날에 외할머니께서는 사업을 시작하셨다. 외할아버지와 같이 하셨지만 많은 것들이 외할머니의 주도로 시작되었다. 그만큼 할머니는 리더십이 강했고, 뛰어난 통찰력에 훌륭한 직관력을 갖고 계셨다. 여장부라는 말은 꼭 우리 외할머니를 표현하기 위해 만들어진 단어인 것만 같았다. 가정에서 집안일을 돌보며 아이들을 키우는 그 시대의 여성상이 아닌, 외부에서 남자 직원들을 거느리고 굵직굵직한 결정을 내리며 사업을 키워가는 사업가셨다. 이렇듯 많은 사람들이 우러러보는 외할머니 앞에서 나의 기억 속 엄마는 항상 연약한 모습이었다. 외할머니의 기에 눌려 엄마는 항상 긴장한 듯했고, 혹시라도 할머니를 실망시킬까봐 노심초사해하는 모습을 엿볼 수 있었다. 그래서 나는 외할머니와는 반대로 엄마가 약하고 여린 여자라고만 생각했었다. 마치 내가 지켜줘야 할 것처럼. 하지만 지금으로부터 딱 10년 전, 외할머니가 돌아가시자 내가 생각했던 엄마의 그런 약한 모습은 온데간데없이 사라지고, 마치 외할머니가 부활하신 것처럼 엄마에게서 외할머니의 모습이 겹쳐졌다. 그렇기 때문에 아마도 엄마의 내면을 잘 모르는 사람들은 엄마의 현재 모습만 보고 엄마를 냉철하고, 가차없는 사람으로 알고 있을지도 모르겠다. 하지만 엄마는 참으로 귀여운 소녀다. 사업을 진행할 때 보이는 단호하고 진취적인 모습과, 디자인에 몰두해 있을 때 보이는 예술가의 진지한 모습만 볼 수밖에 없는 사람들은 엄마의 소녀 감성을 발견할 기회가 많지 않을 것이다. 하지만 엄마에게 가장 편안한 존재인 나는 다른 사람들이 볼 수 없는 엄마의 여러 가지 모습을 많이 본다.

엄마도 무남독녀 외동딸이고, 나도 무남독녀 외동딸이라 우린 가족이 몇 없다. 외가 쪽으로는 나, 엄마, 외할머니, 외할아버지가 전부였다. 외할머니께서 돌아가신 지금, 외가 쪽 가족은 오직 엄마, 외할아버지, 그리고 나. 엄마도 형제가 없고 나도 형제가 없어 엄마와는 어릴 적부터 친구같이, 자매같이 지내고 있다. 또 어떤 때는 서로 역할이 바뀌기도 한다. 마치 내가 엄마같이 든든한 존재가 되어줄 때도 있고, 엄마가 딸같이 나에게 의지할 때도 있다. 둘 다 무남독녀 외동딸이라 각자 엄마에 대한 애정이 남다르다. 엄마와 외할머니는 그들만의 이야기가 있고, 엄마와 나는 우리만의 이야기가 있는데, 둘이 같은 처지인지라 엄마와 나는 보통 모녀들보다 훨씬 더 각별한 사이인 것 같다. 결혼한 지 벌써 4년이나 됐지만, 여전히 일주일에 한 번씩 꼭 만나서 길게 수다를 떨어야 직성이 풀리는 우리 둘이다. 그 우리 둘만의 시간 동안 엄마는 엄마의 본래 성격인 사랑스러운 소녀로 변한다. 나에게 빨리 재미있는 얘기를 해주고 싶어 마음이 급한 나머지 혀가 꼬이고, 별것도 아닌 얘기에 숨이 막힐 정도로 깔깔거리며 웃고, 다음에 무슨 얘기가 나올지 나의 얘기에 집중해 눈을 똘망똘망하게 뜨고 나를 쳐다보는 모습은 영락없이 감성이 풍부한 십대 소녀 같다. 아마도 엄마의 이런 모습은 나만 볼 수 있을 것이다. 다른 사람들이 엄마의 이런 사랑스러운 모습을 볼 수 없다는 게 조금은 아쉽기도 하다. 하지만 엄마와 나의 특별한 관계가 나와 내 아들, 또 앞으로 태어나줬으면 하는 딸과 나 사이에서도 그대로 이어지길 바란다.

첫째를 아들로 둔 우리 부부는 둘째는 딸이기를 희망한다. 첫째인 도원이는 사랑과 애교가 넘쳐나고 아직 두 살 반밖에 되지 않은 아기이지만, 역시나 아들이기 때문에 벌써부터 든든하게 느껴진다. 그래서 둘째는 꼭 내 분신일 것만 같은 딸이면 좋겠다. 형제가 없는 나에게 우리 딸도 마찬가지로 내 친구가 되어줬으면 하는 바람으로, 내가 엄마에게 둘도 없는 친구 같은 존재가 되어주는 것처럼. 엄마는 나의 인생에서 등대 같은 존재다. 내가 어둠속에 갇혀 어디로 가야 할지 모르는 상황에서 엄마는 항상 밝은 빛을 비춰주며 나를 이끌어주었고, 엄마로서 딸에게 줄 수 있는 무한한 애정과 관심을 1분 1초 매 순간 보여주신다. 그로 인해 나는 사랑이 충만한 사람으로 성장할 수 있었고, 내가 받은 사랑과 관심을 앞으로 사회에 나눠주고 싶다. 그것이 어떤 방향으로 나타나든 간에. 그리고 또 나의 아들과 딸에게도 우리 엄마가 그랬던 것처럼 친구처럼 다정한 최고의 엄마가 되고 싶다. 그리하여 엄마와 외할머니가 나눈 우정을, 또 나와 엄마가 나눈 우정을 나도 나의 아들딸과 함께 나누고 싶다.

2015년 5월

원마니

이윤신의 그릇 이야기

초판 인쇄 2015년 5월 18일
초판 발행 2015년 5월 28일

지은이 이윤신 | 펴낸이 강병선
기획·책임편집 구민정 | 편집 임혜지
디자인 이효진 | 마케팅 정민호 이연실 정현민 김주원 지문희
홍보 김희숙 김상만 한수진 이천희
제작 강신은 김동욱 임현식 | 제작처 한영문화사(인쇄) 경원문화사(제본)

펴낸곳 (주)문학동네
출판등록 1993년 10월 22일 제406-2003-000045호
주소 413-120 경기도 파주시 회동길 210
전자우편 editor@munhak.com | 대표전화 031)955-8888 | 팩스 031)955-8855
문의전화 031)955-1933(마케팅) 031)955-2671(편집)
문학동네카페 http://cafe.naver.com/mhdn | 트위터 @munhakdongne

ISBN 978-89-546-3628-5 03810

* 이 도서의 국립중앙도서관 출판예정도서목록(CIP)은 서지정보유통지원시스템 홈페이지(http://seoji.nl.go.kr)와 국가자료공동목록시스템(http://www.nl.go.kr/kolisnet)에서 이용하실 수 있습니다.
(CIP제어번호: CIP2015012433)

www.munhak.com